# QUANDO É DIA DE FUTEBOL

**QUANDO É DIA DE FUTEBOL**

# CARLOS DRUMMOND DE ANDRADE

PESQUISA E SELEÇÃO DE TEXTOS
**LUIS MAURICIO GRAÑA DRUMMOND
PEDRO AUGUSTO GRAÑA DRUMMOND**

POSFÁCIO DE
**PELÉ**

*nova edição*

EDITORA RECORD
RIO DE JANEIRO • SÃO PAULO
2022

**CONSELHO EDITORIAL**
Afonso Borges, Edmílson Caminha,
Livia Vianna, Luis Mauricio Graña Drummond,
Pedro Augusto Graña Drummond,
Roberta Machado, Rodrigo Lacerda
e Sônia Machado Jardim

**PROJETO GRÁFICO DE CAPA E MIOLO**
Leonardo Iaccarino

**FIXAÇÃO DE TEXTO**
Edmílson Caminha

**BIBLIOGRAFIAS**
Alexei Bueno

**IMAGEM DE CAPA**
Buyenlarge/Getty Images

**AUTOCARICATURA (LOMBADA)**
Carlos Drummond de Andrade, 1961

**FOTO DRUMMOND (ORELHA)**
Arquivos Carlos Drummond de Andrade /
Fundação Casa de Rui Barbosa

---

CIP-BRASIL. CATALOGAÇÃO NA PUBLICAÇÃO
SINDICATO NACIONAL DOS EDITORES DE LIVROS, RJ

A566q
2ª ed.

Andrade, Carlos Drummond de, 1902-1987
    Quando é dia de futebol / Carlos Drummond de Andrade ; pesquisa e seleção de textos Luis Mauricio Graña Drummond, Pedro Augusto Graña Drummond. – [2. ed.]. – Rio de Janeiro : Record, 2022.

    Inclui bibliografia e índice
    ISBN 978-65-5587-525-6

    1. Poesia brasileira. 2. Contos brasileiros. 3. Crônicas brasileiras. I. Drummond, Luis Mauricio Graña. II. Drummond, Pedro Augusto Graña. II. Título.

22-77619

CDD: 869
CDU: 821.134.3(81)

Meri Gleice Rodrigues de Souza - Bibliotecária - CRB-7/6439

Carlos Drummond de Andrade © Graña Drummond
Organização © Graña Drummond
www.carlosdrummond.com.br

Todos os direitos reservados. Proibida a reprodução, armazenamento ou transmissão de partes deste livro, através de quaisquer meios, sem prévia autorização por escrito.

Texto revisado segundo o Acordo Ortográfico da Língua Portuguesa de 1990.

Direitos exclusivos desta edição reservados pela
EDITORA RECORD LTDA.
Rua Argentina, 171 – Rio de Janeiro, RJ – 20921-380 – Tel.: (21) 2585-2000.

---

Impresso no Brasil

ISBN 978-65-5587-525-6

Seja um leitor preferencial Record.
Cadastre-se em www.record.com.br e receba informações
sobre nossos lançamentos e nossas promoções.

Atendimento e venda direta ao leitor:
sac@record.com.br

# SUMÁRIO

9    Apresentação da nova edição, *por Edmílson Caminha*

### QUANDO É DIA DE FUTEBOL

17    Futebol
18    Enquanto os mineiros jogavam

### A GRANDE ILUSÃO — SUÍÇA 54

23    Mistério da bola

### O DIVINO CANECO — SUÉCIA 58

29    De 7 dias
32    Celebremos
35    Situações
36    Calma, torcedor
38    Em cinza e em verde

### NA RAÇA OU NA GRAÇA — CHILE 62

43    Seleção de ouro
46    Garoto
47    Saque
48    No elevador

**TAÇA DE AMARGURAS — INGLATERRA 66**

53 Voz geral
56 Milagre da Copa
57 A seleção
59 Concentração nacional
61 O importuno
64 Jogo a distância
67 Aos atletas
70 A semana foi assim

**VENCER COM HONRA E GRAÇA — MÉXICO 70**

75 Entrevista solta
76 Com camisa, sem camisa
79 Do trabalho de viver
80 Carta sem selo
81 Prece do brasileiro
85 Copa do Mundo de 70
89 Em preto e branco
90 Seleção, eleição
93 "Falou e disse"
96 Solucionática
97 Solução
98 Parlamento da rua

**ESPERANÇAS PICADAS — ALEMANHA 74**

103 A voz do Zaire
104 Sermão da planície
107 De bola e outras matérias
109 O leitor escreve
111 Anúncio na camisa

## QUE IMPORTA O NÃO-TER-SIDO? — ARGENTINA 78

117 Brasil vitorioso na Copa terá solução democrática
118 Foi-se a Copa?
119 O locutor esportivo
120 O torcedor

## A HORA DURA DO ESPORTE — ESPANHA 82

125 Balanço atrasado
126 Variações em tempo de Carnaval
127 Explosão
128 Copa
129 O leitor escreve
130 O rio enfeitado
132 O incompetente na festa
135 Entre céu e terra, a bola
138 Perder, ganhar, viver

## SEM REVOLTA E SEM PRANTO — MÉXICO 86

143 Futuro
144 Copa
145 Copa

## PELÉ, O MÁGICO

149 Os pais de Pelé
150 Pelé: 1.000
152 Dezembro, isto é, o fim
153 Despedida
155 Bolsa de ilusões
156 Letras louvando Pelé
158 Nomes

## GARRINCHA, O ENCANTADOR

161 Na estrada
163 O mainá
165 O outro lado dos nomes
166 Mané e o sonho

## ESSE OUTRO GOL DO BRASIL

171 A João Condé
172 Craque
173 Telefone cearense
174 Helena, de Diamantina
175 Declaração de escritores
176 O latim está vivo
177 Gol na academia
178 Bate-palmas
179 Rebelo: sarcasmo e ternura
180 Nomes
181 De vário assunto
182 Celo
183 Gomide
184 Futebol

## UM PUNHADO DE NOTÍCIAS

187 Cartas

197 Posfácio, *por Edson Arantes do Nascimento (Pelé)*
203 Bibliografia de Carlos Drummond de Andrade
211 Bibliografia sobre Carlos Drummond de Andrade (seleta)
221 Índice alfabético e remissivo

## APRESENTAÇÃO DA NOVA EDIÇÃO
### *QUANDO É DIA DE FUTEBOL*, VINTE ANOS DEPOIS
POR EDMÍLSON CAMINHA

Em 2002, ano da Copa do Mundo (vencida pela seleção brasileira) disputada na Coreia do Sul e no Japão, a Editora Record publicou *Quando é dia de futebol*, coletânea de poemas, crônicas e cartas de Carlos Drummond de Andrade, com pesquisa e seleção de textos de Luis Mauricio e Pedro Augusto Graña Drummond, netos do escritor consagrado como um dos maiores da literatura brasileira. Já na orelha do livro, observa o intelectual argentino Manuel Graña Etcheverry: "Carlos trata, ao falar de futebol, não só deste esporte, mas também de política, da sua influência nas massas humanas, do carnaval, da família e de alguns outros assuntos que o leitor deve ir descobrindo à medida que avança na leitura." Assina o prefácio – que é convertido em posfácio nesta reedição – ninguém menos do que Pelé, o gênio que deu ao futebol o primor de uma obra de arte.

Na introdução à primeira edição, Luis Mauricio lembra a boa surpresa que lhe causou uma descoberta na Divisão de Manuscritos da Biblioteca Nacional, no Rio de Janeiro:

> Trinta e quatro folhas de jornal com o poema "O momento feliz", de CDA, cuidadosamente emolduradas, com dedicatórias de próprio punho aos membros da delegação campeã da Copa do México de 70, desde Nocaute Jack, o massagista, até João Havelange, o presidente da CBD, passando, é claro, por todos os jogadores.

E explica por que a produção de Drummond, no gênero, não chega a ser volumosa como a de Nelson Rodrigues, Paulo Mendes Campos ou Armando Nogueira, pois não era cronista esportivo:

Mas escrevia sobre tudo, como ele mesmo conta em "Ciao", sua última crônica publicada no *Jornal do Brasil*, em 29 de setembro de 1984, em que descreve o encontro com o diretor de um modestíssimo jornal nos idos de 1920, a quem oferece seus serviços; à pergunta "Sobre que pretende escrever?", responde "Sobre tudo. Cinema, literatura, vida urbana, moral, coisas deste mundo e de qualquer outro possível". E assim foi ao longo de sua vida inteira: escreveu sobre tudo e, em particular, sobre futebol (e até sobre futebol de botão).

Em "Lembrança", Pedro Augusto recorda não o homem discreto, contido, avesso a holofotes e microfones, mas o avô bem à vontade no aconchego da família:

> Lembro de Carlos e Dolores torcendo pela Seleção Brasileira nas Copas de 82 e 86. Acompanhávamos os jogos em sua casa, assistindo pela TV e comendo sanduíches que vovó preparava. Como bom torcedor, Carlos não segurava as emoções e a tensão ao ver o time canarinho disputando a bola. A cada gol nosso, sorrisos, comentários elogiosos, tranquilidade passageira e um pouco de alívio. A cada gol do adversário, Carlos se levantava contrariado e ia escrever ou arrumar papéis no escritório, até a virada da maré.

No posfácio para a primeira edição deste livro, eu observo que os 90 minutos de uma partida eram, frequentemente, o mote para que pudesse o autor dizer o que de fato queria, como cidadão e como testemunha do tempo incerto que lhe era dado viver:

Não por acaso, Drummond assemelha o futebol à política. É o expediente a que apela para criticar a situação nacional, como na deliciosa crônica, alusiva ao Governo João Goulart, em que sugere Nílton Santos para o Ministério da Justiça, o goleiro Gilmar para a Fazenda, Didi – com sua "elegante e estilizada folha-seca" – para as Relações Exteriores e Pelé para honrar o gabinete ainda que ministro sem pasta...

*Quando è giorno di partita* (Roma: Cavallo di Ferro, 2005) é a edição italiana do que aqui se reúne, com tradução da professora Giulia Lanciani (1935-2018), acrescida de notas, importantes para leitores estrangeiros, a dizer quem são, mencionados por Drummond, políticos (Juscelino Kubitschek, Jânio Quadros), escritores (Machado de Assis, Mário de Andrade) e até brasileiras que nos representaram no concurso de Miss Universo (Marta Rocha, Adalgisa Colombo). Dois textos foram excluídos pela tradutora – "A Seleção" e "Letras louvando Pelé" – segundo ela própria, como declarou a Luis Mauricio, pela inevitável perda, na transposição para o italiano, dos jogos de palavras e rimas de que se vale o escritor. "Pelé, pelota, peleja. Bola, bolão, balaço. Pelé sai dando balõezinhos. Vai, vira, voa, vara, quem viu, quem previu? GGGGoooollll." Realmente: impossível manter aliterações como essas na língua em que Roberto Baggio chorou o pênalti desperdiçado que nos fez campeões do mundo, em 1994...

Desde que se lançou *Quando é dia de futebol* passaram-se vinte anos e quatro copas, sem que tenhamos posto novamente as mãos na Taça Fifa. Que, nas próximas décadas, venham outras edições, novas traduções e mais estrelas para a camisa que as tem, significativamente, no lado em que pulsa o coração. Afinal, como escreveu Carlos Drummond de Andrade, "futebol se joga na alma".

# QUANDO É DIA DE FUTEBOL

*uma paixão:*
*a bola*
*o drible*
*o chute*
*o gol*

# FUTEBOL

Futebol se joga no estádio?
Futebol se joga na praia,
futebol se joga na rua,
futebol se joga na alma.
A bola é a mesma: forma sacra
para craques e pernas de pau.
Mesma a volúpia de chutar
na delirante copa-mundo
ou no árido espaço do morro.
São voos de estátuas súbitas,
desenhos feéricos, bailados
de pés e troncos entrançados.
Instantes lúdicos: flutua
o jogador, gravado no ar
– afinal, o corpo triunfante
da triste lei da gravidade.

# ENQUANTO OS MINEIROS JOGAVAM

Domingo, à tarde, na forma do antigo costume, eu ia ver os bichos do Parque Municipal (cansado de lidar com gente nos outros dias da semana), quando avistei grande multidão parada na Avenida Afonso Pena. Meu primeiro pensamento foi continuar no bonde; o segundo foi descer e perguntar as causas da aglomeração. Desci, e soube que toda aquela gente estava acompanhando, pelo telefone, o jogo dos mineiros na Capital do país. Onze mineiros batiam bola no Rio de Janeiro; dois mil mineiros escutavam, em Belo Horizonte, o eco longínquo dessa bola e experimentavam uma patriótica emoção.

*

Quando chegou a notícia da vitória dos nossos patrícios, depois de encerrado o expediente, isto é, depois de terminado o segundo tempo, vi, claramente visto, chapéus de palha que subiam para o ar e não voltavam, adjetivos que se chocavam no espaço com explosões inglesas de entusiasmo, botões que se desprendiam dos paletós, lenços que palpitavam como asas, enquanto gargantas enrouqueciam e outras perdiam o dom humano da palavra. Vi tudo isso e tive, não sei se inveja, se admiração ou se espanto pelos valentes chutadores de Minas, que surraram por 4 a 3 os bravos futebolistas fluminenses.

*

Não posso atinar bem como uma bola, jogada a distância, alcance tanta repercussão no centro de Minas. Que um indivíduo se eletrize diante da bola e do jogador, quando este joga bem, é coisa de fácil compreensão. Mas contemplar, pelo fio, a parábola que a esfera de couro traça no ar, o golpe do *center-half* investindo contra o zagueiro, a pegada soberba deste, e extasiar-se diante desses feitos, eis o que excede de muito a minha imaginação.

Para mim, o melhor jogador do mundo, chutando fora do meu campo de visão, deixa-me frio e silencioso.

Os meus patrícios, porém, rasgaram-se anteontem de gozo, imaginando os tiros de Nariz, e sentiram na espinha o frio clássico da emoção, quando o telefone anunciou que Carlos Brant, machucando-se no joelho, deixara o combate. Alguns pensaram em comprar iodo para o herói e outros gritavam para Carazzo que não chutasse fora. A centenas de quilômetros, eles assistiam ao jogo sem pagar entrada. E havia quem reclamasse contra o juiz, acusando-o de venal. Um sujeito puxou-me pelo paletó, indignado, e declarou-me: "o Sr. está vendo que pouca-vergonha. Aquela penalidade de Evaristo não foi marcada". Eu olhei para os lados, à procura de Evaristo e da penalidade; vi apenas a multidão de cabeças e de entusiasmos; e fugi.

● ● ● ●

COISAS QUE VOCÊ DEVE FAZER — *Veja o jogo pela voz do maior locutor especializado.*

# A GRANDE ILUSÃO
## SUÍÇA 54

*O mérito da derrota consiste em isentar o derrotado
de qualquer responsabilidade de vitória.*

## MISTÉRIO DA BOLA

"Quando Bauer, o de pés ligeiros, se apoderou da cobiçada esfera, logo o suspeitoso Naranjo lhe partiu ao encalço, mas já Brandãozinho, semelhante à chama, lhe cortou a avançada. A tarde de olhos radiosos se fez mais clara para contemplar aquele combate, enquanto os agudos gritos e imprecações em redor animavam os contendores. A uma investida de Cárdenas, o de fera catadura, o couro inquieto quase se foi depositar no arco de Castilho, que com torva face o repeliu. Eis que Djalma, de aladas plantas, rompe entre os adversários atônitos e conduz sua presa até o solerte Julinho, que a transfere ao valoroso Didi, e este por sua vez a comunica ao belicoso Pinga. A essa altura, já o cansaço e o suor chegam aos joelhos dos combatentes, mas o Atrida enfurecido, como o leão que, fiado na sua força, colhe no rebanho a melhor ovelha, rompendo-lhe a cerviz e despedaçando-a com fortes dentes, para em seguida sorver-lhe o sangue e as entranhas – investe contra o desprevenido Naranjo e atira-o sobre a verdejante relva calcada por tantos pés celestes. Os velozes Torres, Lamadrid e Arellano quedam paralisados, tanto o pálido temor os domina; e é quando o divino Baltasar, a quem Zeus infundiu sua energia e destreza, arremete com a submissa pelota e vai plantá-la, qual pomba mansa, entre os pés do siderado Carbajal..."

Assim gostaria eu de ouvir a descrição do jogo entre brasileiros e mexicanos, e a de todos os jogos: à maneira de Homero. Mas o estilo atual é outro, e o sentimento dramático se orna de termos técnicos. Mesmo assim, quando o cronista especializado informa que o Botafogo "não estava numa tarde de grande inspiração" ou que Zizinho "se desempenhou com o seu habitual talento", fico imaginando que há no futebol valores transcendentes, que nós, simples curiosos, não captamos, mas que o bom torcedor vai intuindo com a argúcia apurada em uma longa educação da vista.

Confesso que o futebol me aturde, porque não sei chegar até o seu mistério. Entretanto, a criança menos informada o possui. Sua magia opera com igual eficiência sobre eruditos e simples, unifica e separa como as grandes paixões coletivas. Contudo, essa é uma paixão individual mais que todas.

Cada um tem sua maneira própria de avaliar as coisas do gramado, e onde este vê a arte mais fina, outro apenas denuncia a barbeiragem ou talvez um golpe ignominioso. Pelo nosso clube fazemos o possível e principalmente o impossível. O jogador nos importa menos que suas cores, e se muda de camisa pode baixar em nossa estima, à revelia de toda justiça.

A estética do torcedor é inconsciente; ele ama o belo através de movimentos conjugados, astuciosos e viris, que lhe produzem uma sublime euforia, mas se lhe perguntam o que sente, exprimirá antes uma emoção política. Somos fluminenses ou vascos pela necessidade de optar, como somos liberais, socialistas ou reacionários. Apenas, se não é rara a mudança do indivíduo de um para outro partido, nunca se viu, que eu saiba, torcedor de um clube abandoná-lo em favor de outro.

Finalmente, a grande ilusão do gol confere alta dignidade à paixão popular, que não visa a um resultado positivo ou duradouro no plano real, mas se satisfaz com uma abstração: 22 homens se atiram uns contra outros, e era de esperar que os mais combativos ou engenhosos, saindo triunfantes, deixassem os demais no campo, arrebentados. Não. O objeto de couro transpõe uma linha convencional, e o que se chama de vitória aparece aos olhos de todos com uma evidência corporal que dispensa a imolação física.

Não podemos acusar de primitivismo aos que se satisfazem com este resultado ideal.

• • • •

IGUAL-DESIGUAL — *Todos os campeonatos nacionais e internacionais de futebol são iguais.*

# O DIVINO CANECO
## SUÉCIA 58

*Elegante e estilizada folha-seca.*

## DE 7 DIAS

Começou festiva a semana:
espiávamos por uma frincha
a vitória, e eis que ela fulgura,
rosa aberta ao pé de Garrincha.

Ai, emoções de Gotemburgo!
Futebol que nos arrebatas,
esse rugir de alto-falante
vale mozartianas sonatas.

E torço firme a vosso lado,
cidadãos que morais no assunto,
embora entenda de pelota
simplesmente o que vos pergunto.

Quem ganhou foi o Botafogo,
canta o severiano, alma leve.
Exclama junto um pena-boto:
— É, e quem perdeu foi Kruchev.

Entre estouros, risos, foguetes,
assustado, lá foge o pombo
que bicava milho na praça,
mas surge Adalgisa Colombo,

escultura, graça alongada,
e a seus munícipes ensina
que entre todos os bens da terra
a beleza é graça divina.

E o talento é a suprema dádiva:
penso nisso ao ver *Pega-fogo*
no Dulcina e a rara Cacilda
em seu sutilíssimo jogo

de emoção: a infância pisada,
um murmúrio de pai a filho,
diálogo obscuro das almas
para quem o sol é sem brilho.

E que delícia *O protocolo*
velho Machado sempre novo!
Nosso teatro já floresce,
não é pinto ao sair do ovo.

Mas nem tudo foram ditosas
horas no tempo brasileiro:
O vento no Convair, e a chuva.
A morte estava num pinheiro.

A morte estava à espera, surda,
cega a toda humana piedade.
E esse indecifrável mistério,
inscrição chinesa no jade,

faz baixar um crepe silente
sobre os gaios fogos votivos.
Que João e Pedro, das alturas,
suavizem a pena dos vivos.

E vem outro, mais outro dia.
Paira a esperança, junto à fé.
A bola em flor no campo: joia,
e seu ourives é Pelé.

## CELEBREMOS

A vitória do selecionado brasileiro na Suécia foi perfeita. Jogadores e técnicos abriram uma reta entre o cepticismo irônico do começo e a pura alegria nacional de domingo. Uma campanha metódica e segura fez o milagre. Quando partiram daqui, quem esperava a taça do mundo? Mas à proporção que se desenrolavam as partidas, um número cada vez maior de pessoas indiferentes ao esporte se ia identificando com a sorte deles, sentindo-se transportadas ao local da peleja e dela participantes, e no fim a confiança era tamanha que já não se afetaria com um mau resultado. Se perdêssemos, seria terrível, mas isso não abalaria a fé nos atletas, teria sido uma derrota individual nossa, imposta pelo capricho das coisas, injusta sem humilhação.

Não me venham insinuar que o futebol é o único motivo nacional de euforia e que com ele nos consolamos da ineficiência ou da inaptidão nos setores práticos. Essa vitória no estádio tem precisamente o encanto de abrir os olhos de muita gente para as discutidas e negadas capacidades brasileiras de organização, de persistência, de resistência, de espírito associativo e de técnica. Indica valores morais e eugênicos, saúde de corpo e de espírito, poder de adaptação e de superação. Não se trata de esconder nossas carências, mas de mostrar como vêm sendo corrigidas, como se temperam com virtualidades que a educação irá desvendando, e de assinalar o avanço imenso que nossa gente vai alcançando na descoberta de si mesma.

Esses rapazes, em sua mistura de sangues e de áreas culturais, exprimem uma realidade humana e social que há trinta anos oferecia padrões menos lisonjeiros. Do Jeca Tatu de Monteiro Lobato ao esperto Garrincha e a esse fabuloso menino Pelé, o homem humilde do Brasil se libertou de muitas tristezas. Já tem caminhos abertos à sua frente e já sabe abri-los, por conta própria, quando não é assistido pelos serviços oficiais ou de classe a que cumpre melhorar as condições de vida coletiva. O futebol trouxe ao proletário urbano e rural a chave ao autoconhecimento, habilitando-o a uma ascensão a que o simples trabalho não dera ensejo.

Mas agora, vemos o futebol operando ou espelhando ainda maiores transformações, pois a conquista do campeonato mundial demonstrou a meu ver um maior entrosamento de forças sociais, a máquina burocrática do esporte deixando de operar suas porcas e parafusos de intriga, ambição e politicagem; consciência mais funda dos dirigentes; carta branca aos peritos para os trabalhos de formação e aprimoramento da equipe; e a contenção geral para evitar desbordamentos emocionais prévios, comprometedores do equilíbrio psíquico dos esportistas. Tudo isso, em termos de educação nacional, é confortador, e permite alongar a vista para mais longe do campo de jogo, dá à gente um certo prazer matinal de ser brasileiro, menos por haver conquistado a Taça Jules Rimet do que por havê-la merecido. Prazer límpido, sem xenofobia: é justamente por nos sentirmos iguais a outros povos capazes de vencer campeonato que nos despimos de pretensões de superioridade ou domínio político.

No mais, é celebrar como começamos a fazer ao primeiro gol e não sei quando acabaremos, que isso de sofrer rente ao rádio, vezes e vezes repetidas, embora de coração esperançoso ou por isso mesmo, exige expansão compensadora e farta, ai meu Deus, minha Nossa Senhora da Cancha, meu Senhor Bom Jesus do Tiro em Meta! Como deixar de lançar papeizinhos ao ar, sujando a cidade mas engrinaldando a alma, e de estourar bombas da mais pura felicidade e glória, mesmo que arrebentemos os próprios tímpanos, se não há jeito de reprimir a onda violenta de alegria que se alça até nos mais ignorantes do futebol, criando esse calor, essa luz de unanimidade boa, de amor coletivo, de gratidão à vida, que hoje nos irmana a todos?

## SITUAÇÕES

Bem, não pretendo estabelecer qualquer comparação, mas dias depois, no palanque armado para receber os campeões do mundo, nosso atual presidente, visivelmente satisfeito, mostrava, sem embargo disso, uma ponta de inquietação, que me intrigou. Parecia estar e não estar ali, com um olho na multidão e outro na reforma do Ministério. Dirigia a vista para um e outro lado, à procura do homem ou dos homens providenciais que lhe formassem uma grande equipe, do valor daquela que vencera no futebol, mas Garrincha e Vavá para a Agricultura e o Trabalho, isso não havia. Terá pensado um instante em convidar o próprio Vavá e o próprio Garrincha para essas pastas, mas será que eles aceitariam? Na dúvida, o presidente empunhava a Taça Jules Rimet ou deixava-a sobre o parapeito, não avaliando bem a preciosidade do troféu. Mas João Havelange, inquieto por sua vez, não com o destino do Brasil, e sim da taça, segurava-a de lado, e às vezes procurava erguê-la perante a multidão fascinada. Juscelino puxava para a esquerda, Havelange para a direita: um para baixo, outro para cima; e eu via a hora em que a taça caía, e era um problema internacional a mais, a ser resolvido de saída pelo novo ministro Negrão de Lima: quem pegou o troféu no meio do povo e o incorporou, já meio amassado mas reluzente de ouro e glória, ao seu acervo particular? Felizmente a bela copa não chegou a cair; esteve quase; Havelange, Paulo de Carvalho e Bellini souberam defendê-la. Mas o presidente, do alto do seu palanque, estava meio dispersivo e aéreo. Não era de todo feliz, como Dutra entre os filósofos, na livraria de dona Vanna.

## CALMA, TORCEDOR

O torcedor internacional, de ouvido preso ao rádio, respirou fundo e exalou em suspiro sua felicidade: "Arre, graças a Deus que desta estamos livres!" E parecia antes consolar-se pelo fim de um curativo particularmente doloroso, num tratamento cruel, do que celebrar a vitória do seu time na prova de campeonato. Pelé e Didi, dando duro na cancha, não estariam mais exaustos do que ele. E apenas torcera de longe, sem sequer a despesa dos olhos.

Diante de tamanha angústia adormecida porém não pacificada, fica-se na dúvida: o esporte será hoje uma fonte de prazer individual e coletivo, ou mais uma contribuição valiosa para as estatísticas mortuárias? O prof. Silva Melo, em cujos livros aprendo sempre mil coisas, diz no seu recente *Estados Unidos, prós e contras* que o participante de jogo internacional despende 6 vezes mais energia do que o trabalhador em mina de carvão (essa é a tarefa mais pesada do mundo), e que tais competições desportivas fornecem excelente material para as doenças cardíacas e do aparelho circulatório. Sinto-me tentado a ampliar a observação do mestre e a redigir uma nota palpitando que o gasto de energia do torcedor é 12 vezes maior, e que ele está muito mais ameaçado de morte que o integrante de selecionado. O torcedor, na sua impotência, "joga" ainda mais do que o jogador, e como não tem bola alguma à sua frente, precisa socorrer-se de um esforço de imaginação de que Paulinho está dispensado. É certo que fica imune das agressões habituais nos gramados sul-americanos, porém os mais sensíveis se queixam de ter recebido na epiderme moral os coices distribuídos em River Plate pelo onze do "Celeste".

O sofrimento esportivo se agrava com os equívocos de linguagem e os golpes publicitários, assumindo formas políticas e belicosas que espantariam os próprios e inocentes torcedores, se eles se detivessem a examiná-las. Uma competição entre equipes de jogadores profissionais de futebol se transforma em peleja entre países, e vencer o Chile ou o Uruguai, nações tão de nossa estima, gente de simpatia notória, passa a constituir objetivo da honra nacional. Não direi que a traulitada de Davoine em Almir (logo em Almir, aquele garotinho tão bem-comportado!) representasse para nós um ataque da República Oriental em peso à nossa incauta mocidade, mas as emoções e expressões vocabulares que suscitou em muita gente eram "como se" houvéssemos repelido uma agressão estrangeira. Conscientemente, sabemos que foi apenas um lance de esporte praticado sem esportividade, como é banal aqui mesmo e por aí afora, porém nossas reações instintivas ainda são em termos de guerra, e acredito que entre nossos vizinhos aconteça o mesmo. Dir-se-á que o esporte visa precisamente a canalizar e suavizar instintos primitivos; sim, mas às vezes vai mais longe e regressa ao primitivismo, com escalas pelo nacionalismo zangado. Os sofrimentos, irritações e depressões que provoca estão longe de ser imaginários, e perturbam nosso já perturbado viver.

Somos campeões do mundo, é verdade, mas isso não nos deve torturar mais do que, por exemplo, as misérias do subdesenvolvimento. O campeão não é campeão 24 horas por dia; chega uma hora de calçar os chinelos, e bocejar; um tempo de ver as flores; tempo de não sofrer mais do que o estritamente necessário, e desconfiar das glórias incômodas. De resto, não somos 60 milhões de campeões, o que inflacionaria a espécie; eles são apenas onze e seus reservas. Penso nas coronárias e sugiro (diante do espelho): Calma, torcedor.

## EM CINZA E EM VERDE

Eta semana triste! Os cavalinhos,
com surpresa estampada nos focinhos,
estacam de repente, por decreto.
Não era meu esporte predileto,
mas vejo que a cidade se esvazia,
hora a hora, de mais uma alegria,
um prazer, e só resta, no trabalho,
sentir da austeridade o cheiro de alho.
O futebol, também, só aos domingos?
Dizem, não sei. E lacrimejam pingos
de tédio, mau humor. Brincam (boatos)
que será proibido usar sapatos
de mais de mil cruzeiros. Mas Bellini
é passado pra trás? Ainda retine
o coro vibrantíssimo, profundo,
ao bravo capitão... Copa do Mundo,
vais te tornando taça de amarguras.
Sairão do fel as seleções futuras?
Pois se tal não bastasse, eis que o *cowboy*
tomba sem um disparo, e quase dói
ver que com Gary Cooper morre um pouco
do mito herói-pacato em mundo louco.
Magro, desajeitado, qualquer um
de nós se via nele, alto, em *High Noon*.
Outros informes, turvos ou cinzentos,
há por aí, mas salve, os quatrocentos

milhões – mais o bilhão – em cobre fino!
(Buracos a tapar, de Juscelino.)
Desses dólares não verei a cor?
Estou satisfeito, seja como for,
ao ver, toda azul-claro, Marta Rocha,
qual princesa de um conto de carocha,
azulmente sorrindo para a vida.
Tanta gente a fitá-la, comovida,
pois a beleza é – ninguém se ilude –
uma promessa de beatitude.
Faltam-me espaço e tempo (meus algozes)
mas vou daqui saudar o Herbert Moses,
que ao longo de trinta anos da ABI,
soube tornar o que era abacaxi,
numa cesta de flores e de abraços,
unindo os desunidos, em seus laços.
Oh, velhinho eletrônico, de intensa
palpitação sempre em favor da imprensa!
(Nem acabei a crônica, e, no vento,
vem sua carta de agradecimento.)

• • • •

CANDIDATOS EM VERSO — *Lembrando o êxito (que ele soube preparar) da delegação brasileira no campeonato mundial de futebol, João Have-lange comparece com este* slogan: *"Organização e vitória". Por que não dizer antes, impressionando mais:*
*Havelange é*
*faixa de Pelé.*

# NA RAÇA OU NA GRAÇA
## CHILE 62

*Se há um deus que regula o futebol, esse deus é
sobretudo irônico e farsante, e Garrincha foi
um de seus delegados incumbidos de zombar
de tudo e de todos, nos estádios*

## SELEÇÃO DE OURO

A vitória da Seleção Brasileira na Copa do Mundo lavou os corações, desanuviou os espíritos, entusiasmou as filas, uniu os desafetos e tornou possível a solução imediata dos problemas que nos afligem. Não há hesitação possível. Ou tiramos deste triunfo as consequências que comporta, ou desperdiçamos a última e grande chance oferecida por Deus, talvez já um tanto fatigado de ser brasileiro.

Este bi veio na hora H. Os políticos procuram um rumo para a nação e não o encontram, ou querem encontrá-lo fora do lugar. A mudança do Gabinete, que devia ser caso de rotina, assumiu ares de problema grave, e ninguém sabe como compor a nova equipe dirigente. Ninguém? É exagero. Modestamente vos proponho a equipe ideal, que não é nem pode ser outra senão a equipe detentora da Taça Jules Rimet. O *Correio da Manhã* pediu um time de ministros tão bem selecionado como o time de futebol; é o próprio.

Reparem que o Gabinete se compõe de treze ministros mais um presidente de Conselho. Nossos onze campeões são quatorze, inclusive Pelé, o técnico Aimoré e o Dr. Gosling. Trata-se de um Ministério escolhido pelo destino, e é só dispor cada homem na posição correta.

Naturalmente o primeiro-ministro há de ser Mauro, capitão do escrete. Bem o merece. É zagueiro, isto é, jogador da defesa e não do ataque, e isso convém a um primeiro-ministro, que se requer cauteloso, resistente, preocupado em proteger nossa vasta retaguarda. Foi reserva muitas vezes e exercitou a virtude da paciência; sabe o que é assistir jogo da arquibancada, ou seja, do ostracismo.

Um velhinho sabido como Nilton Santos fica certo na Justiça, para distribuí-la ou negá-la como de mister, impor respeito e conduzir o jogo político à base de vivências, usando, se preciso, seus traiçoeiros disparos. Na Fazenda, pede-se Gilmar, tão econômico no deixar passar gols; defendeu a meta como o Tesouro. E para chanceler, quem melhor do que Didi, professor de curso internacional, apto a aplicar a elegante e estilizada folha-seca nos momentos de tensão nuclear, e a estabelecer desse modo nossa independência no meio do campo das nações?

Zagallo, ministro para várias pastas. Não sei se o colocamos em Agricultura, formiguinha que é, para entrar em cheio nas saúvas e desbaratá-las; em Indústria e Comércio, em Minas e Energia ou na Viação, dada a sua capacidade de estar em todas. Depende da pasta que reservarmos a Garrincha, mas todo o Ministério é pouco para este em sua simplicidade arguta. Em todo caso, lembro Aeronáutica, pois com suas fintas, dribles e escapadas impossíveis, atravessar o campo entupido de adversários é para ele o mesmo que voar em céu desimpedido, qual passarinho. Mas seu Mané escolha o que lhe aprouver, jogando até de cabeçada, no Trabalho, ou de jacaré, na Marinha, e deixando Guerra para ser sorteado entre Vavá e Amarildo. Sendo que o garotão também pode ser útil na Educação, entre estudantes grevistas, mais garotos ainda do que ele, aos quais saberia falar como papagaio e convencer como campeão.

Não esquecer Djalma, Zózimo, Zito; Pelé, até ministro sem pasta honraria o Gabinete. O Dr. Gosling, é claro, vai para a Saúde, e Aimoré, reabilitado, não é problema. Há lugar para todos. Espero que o PSD, a UDN e o PTB, ex-donos da bola, não me venham com reivindicações bobas. Este é o Ministério de união nacional.

• • • •

EXPLICAÇÃO — *O professor de História que foi ao Maracanã saiu de lá com esta certeza: "Foi José Bonifácio que chutou pelo pé de Jairzinho, no 44º minuto."*

• • • •

POR AÍ — *E por via das dúvidas, vou submeter à censura prévia do Ministério da Educação e Cultura uma* Enciclopédia de futebol de botão, *que estou escrevendo com o especialista Luis Mauricio Graña.*

## GAROTO

Tinha um sonho na cabeça: assistir a uma partida de futebol. Assistir mesmo, não esse faz de conta de televisão ou transistor. O pai dizia que ele era muito pequeno para ir a um estádio. No seu país, jogo não é essa farra de juiz expulsar jogador, e jogador sair às gargalhadas; o time que perde costuma ser trucidado pela torcida, e nas arquibancadas vale tudo. Longe do campo, sabia os nomes de todos os campeões mundiais, os escores de todos os jogos de campeonato, colecionava escudos, flâmulas, fotos, signos de uma realidade que lhe era vedado conhecer de perto. Num aeroporto viu Didi sentado, à espera de avião. Chegou-se até ele, trêmulo, sem palavras. Pelo menos vira um jogador. Veio para o Brasil com a antiga ambição: ir a um jogo qualquer. Por falta de sorte, o campeonato acabara, Maracanã fechado. Afinal, anunciaram o Santos x Botafogo. "Quem me leva?" Ninguém queria levar. Chovia fino, melhor ficar em casa, vendo na TV. Apareceu um primo grande, que o via pela primeira vez, e teve um gesto: "Você vai comigo e com a minha noiva." Foram. Não dizia nada, de tanta emoção: o primeiro jogo de sua vida! Logo no Maracanã. E com Pelé e Garrincha. Era matéria para lembrar a vida toda. Mas lembrar só, não. Como dizer aos amigos, em seu país, que vira aquilo tudo? Como provar a si mesmo, mais tarde? Precisava guardar aquela hora gloriosa. Pegou do pacote de balas, desembrulhou uma, alisou o papel com todo o cuidado, dobrou-o, guardou no bolso. Em casa, não quis comentar o jogo; era bom demais para caber em palavra. Desdobrou o papel e com a letra mais caprichada escreveu nele: *"Mi primer partido de fútbol."*

## SAQUE

— Tenho um remorso antigo – confidenciou-me à mesa do bar. — Quando eu era garoto, adorava futebol de botão. Um dia, acabei com os botões do quarto de costura de mamãe, e não havia outros em casa. Fui ao guarda-roupa de vovô e saqueei-o. Coitado, o velhinho vivia na cadeira de rodas, e praticamente só usava pijama. No dia em que ele morreu, a família ficou atrapalhada para vestir-lhe um terno escuro: estava tudo sem botão.

## NO ELEVADOR

Das profissões que não rendem, sempre achei a de ascensorista uma das menos divertidas. Para nós, o elevador é a caixa onde nos metemos por alguns instantes, de passagem para algum lugar, sem qualquer sentimento que nos ligue a companheiros eventuais. Para o ascensorista, é a prisão a que está condenado durante a quarta parte do dia, ou durante a vida. Prisão que se abre a todo momento, com regularidade monótona, e de que ele não pode fugir. Sobe e desce, sobe-desce, e não sai de sua jaula. Tenho notado que, no fim de certo tempo, muitos ascensoristas perdem a cor, emagrecem. A melancolia é neles talvez doença profissional. Se a administração do edifício tem coração, passam a outro serviço, e redescobrem o ar puro, a liberdade, o prazer de mover as pernas. Naquela casa onde trabalhei quase trinta anos, pergunto pelo Valdemar, que há muito não vejo.

— O Valdemar anda doente, teve que deixar o carro. Está na portaria.

Ia perguntar pelo Oscar, que também anda sumido, mas é o próprio Oscar que me aparece, também magro e triste, afastado da obrigação de subir e descer na gaiola enervante, e que me diz:

— Sabia que o Amigo morreu?

Não sabia. O Amigo! Pois justamente o Amigo era, entre todos os ascensoristas, aquele que espalhava em sua cabina a alegria de viver. Quem não o conheceu, no centro do Rio de Janeiro? Ascensorista do Ministério da Educação e do Edifício Darke, com doze horas de batente, uma barca de Niterói pela madrugada e outra à noite, sem motivo algum para agradecer à vida, ele agradecia e nos comunicava o otimismo gratuito. Fez da palavra "amigo" um uso universal e aliciador, pois assim chamava a todos que entrassem na sua toca, fosse homem, fosse mulher, conhecido, desconhecido, general, bispo, mata-mosquito, de cara aberta ou cara de tigre. Se o próprio tigre estivesse na fila, receberia igual tratamento e ficaria amigo do Amigo, a quem este nome foi dado em retribuição geral. Uma professora que veio ao Rio com bolsa de estudos escreveu: "Aprendemos mais com ele do que em todos os tratados de Psicologia, pois o Amigo nos mostrou que a vida é fácil de ser vivida se assim desejamos."

Ninguém sabia que ele se chamava Afonso Ventura. Mas todos sabiam que seu maior amor era o Vasco da Gama. Liam-se no seu rosto as vitórias do Vasco. As derrotas não era possível ler, pois o rosto do Amigo continuava a espelhar a vitória da semana atrasada ou já espelhava a da semana que vem, que esta seria infalível, 4 x 0, "é o Maior". O Vasco, para ele, não perdia nunca; no máximo, deixava de ganhar, "desta vez". Marcos Carneiro de Mendonça, figura lendária do Fluminense, tornou-o ainda mais feliz do que era, arranjando-lhe o título de sócio proprietário nº 16, do Vasco.

Um dia o Amigo sumiu. Os únicos elevadores alegres do Rio perderam a graça. O Vasco deve ter sentido falta de seu torcedor "doente", baixou de produção. O Amigo mudara-se para Brasília, onde talvez a dobradinha lhe suavizasse a pobreza, dispensando-o de trabalhar em dois horários. E lá morreu um dia desses, não sei se a tempo de saborear as alegrias da Taça Guanabara, conquistada pelo seu ídolo.

Oscar conta-me que os colegas cariocas mandaram celebrar missa por sua alma, convidaram o Vasco, o Vasco mandou representante. Imagino a alegria infinita da alma, sentindo o Vasco presente.

• • • •

NA SEMANA — *Não nos deixes, Pelé, sem esta Copa!*

## TAÇA DE AMARGURAS
### INGLATERRA 66

*Se perdemos em Londres a crista de bicampeões*
*mundiais de futebol  a pergunta surge infalível:*
*— E agora, José?*

## VOZ GERAL

Andei checando a reação de uns e outros ao furto da Taça Jules Rimet, em Londres. Volto com impressão de que ela foi furtada aqui mesmo, e que o gatuno operou em cada residência do bairro: o troféu era um bem de todos e de cada um, como acentuou José Carlos Oliveira. O ladrão de domingo, aproveitando nossa ida ao cinema, penetrou no apartamento e passou a mão naquela terrina de porcelana de Macau que veio, em linha reta, de nossa bisavó. Até os mais humildes, que nunca possuíram terrina, sentem isso, principalmente eles. Na portaria, Severino manifesta de saída sua descrença na tradicional probidade britânica:

— Pra mim foi os cartolas de lá que roubaram. Eles sabiam que no pé não tomam ela da gente.

Vinha chegando o faxineiro, indignado:

— Também pra que o Havelange deixou a bichinha sair daqui. Ela não tinha nada que ficar se rebolando na Inglaterra.

— A saída é do regulamento da FIFA, Jeziel.

— O senhor vai me desculpar, mas para mim não tem regulamento nem mané-regulamento. Se a taça estivesse debaixo de minhas responsabilidades, queria ver o cara que carregava ela. Então o senhor deixava tirar de sua casa um negócio tão estimatório, que suou o *nylon* pra arranjar, me diga, o senhor deixava? E tirar pra quê? Pra misturar com uma porcaria de selos velhos...

O carteiro estava triste. Não acredita que a taça reapareça nunca mais. Podem fazer outra, mas a legítima, a legal, a que ele vira bem de perto duas vezes, sem ousar tocá-la com a ponta dos dedos porque era vaso sagrado, coisa assim de igreja, a uma hora dessas está convertida em barrinha de ouro, feito barra de chocolate:

— Taça que Bellini levantou no ar e Mauro também! Isso dói na gente, professor.

Na esquina, o chicaboneiro entende que esse furto, destinado a abater o nosso moral, é o primeiro de uma série já programada. Nossas chuteiras serão furtadas no vestiário, antes dos jogos, e até nossos craques serão raptados. No seu entender, a delegação brasileira deverá ser precedida de outra do SNI e resguardada por um batalhão da PM.

E o trocador do elétrico? Este, de ordinário afável, lançou-me um olhar feroz, que dizia tudo. Percebi que sua aspiração era transformar o carro em jato, pilotado por ele, e voar para Londres, a fim de cuidar pessoalmente do caso.

Nisto coincide com o meu vizinho de banco, que não leva a sério a Scotland Yard. A polícia estava lá dentro e não viu nada, salvo o ladrão. É que se realizava um ofício religioso e seria contra a índole de um policial britânico perturbar a cerimônia. Tanto mais que o próprio ladrão poderia estar disfarçado de policial, ou de pastor. Para recuperarmos a "nossa" taça, pois, a solução é nós mesmos cuidarmos das investigações, com o auxílio do Letrinha – opinou.

Lá no escritório, tanto se suspeita da Inglaterra como da Iugoslávia, da URSS, da Itália e até, pesa-me registrá-lo, de Portugal. De modo geral, todas as nações concorrentes à Copa do Mundo estão comprometidas. O Tri é apenas uma formalidade que deve preceder à incorporação definitiva da Taça ao patrimônio do Brasil, e sendo assim a empalmação da Taça há de ser coisa de um ou mais países derrotados de véspera.

Só o meu caro João Brandão, infenso a atitudes emocionais, ao ler a descrição de certos traços físicos do suposto ladrão – alto, cabelos negros, olhos escuros, lábios finos, pequena cicatriz no queixo –, palpitou:

— Tudo isso não será molecagem do Fernando Sabino, para "gozar" o Armando Nogueira e o Paulinho Mendes Campos?

## MILAGRE DA COPA

Bulhões a Campos, fagueiro:
— Enfim, domada a inflação!
Valorizou-se o Cruzeiro
e mais ainda o Tostão.

# A SELEÇÃO

Vai Rildo, não vai Amarildo?
Vão Pelé e, que bom, Mané,
o menino gaúcho Alcino
e nosso veterano Dino,
Altair, rima de Oldair,
ecoando na ponta: Ivair,
e na quadra do gol: Valdir.
Fábio, o que não pode faltar,
e também não pode Gilmar,
como, entre os santos dos santos,
o patriarca Djalma Santos,
sem esquecer o Djalma Dias
e, entre mil e uma noites, Dias.
Mas se a Comissão não se zanga,
quero ver, em Everton, Manga.
É canhoto, e daí? Fefeu,
quando chuta, nunca perdeu.
A chance que lhe foi roubada,
desta vez a tenha Parada.
Paraná, invicto guerreiro
para guerrear como aqui, lá.
Olhando pro chão, Jairzinho
é como joga legalzinho.
Não abro mão de Nado e Zito,
nem fique o Brito por não dito.
Ditão, é claro, por que não?

e o mineiríssimo Tostão,
o grande Silva, corintiana
glória e mais o áspero Fontana,
Dudu, Edu... e vou juntando
bons nomes ao nome de Orlando,
para chegar até Bellini
em cujas mãos a taça tine.
Célio, Servílio: suaves eles
já completados por Fidélis.
Edson, Denilson e Murilo,
cada um com seu próprio estilo.
Um lugar para Paulo Henrique
enquanto digo a Flávio: fique!
Com Paulo Borges bem na ponta
eu conto, e sei que você conta.
Na lateral, Carlos Alberto
estou certo que vai dar certo.
Acham tampinha Ubirajara?
Valor não se mede por vara.
Até parece de encomenda:
Leônidas, nome que é legenda.
E se Gérson do Botafogo
entra no campo, ganha o jogo.
Não podia esquecer o Lima
e seu chute de muita estima.
Com tudo isso e mais Rinaldo
e o canarinho de Ziraldo,
quarenta e seis, se conto bem
– um time igual eu nunca vi
em Europa, França e Belém –
que barbada seria o Tri,
          hein?

## CONCENTRAÇÃO NACIONAL

De repente, o Brasil inteiro foi fazer estação de águas. Não sobrou ninguém nas outras partes do território nacional. E Lambari se tornou pequena para caber nossa população.

Será que Caxambu cabe? Então o Brasil se deslocou para lá. Para beber água mineral na fonte, tomar duchas, bicicletar, namorar, jogar? Nada disso. Estamos acampados na estância para alguma coisa grave. O negócio é ganhar o tricampeonato de futebol na Inglaterra, e para isso nos concentramos nessas deliciosas cidades mineiras, antes frequentadas apenas pela minoria feliz dos "aquáticos", e hoje alvo do interesse nacional de milhões de seres que jamais pensaram em fazer estação de águas nem nunca poderiam fazê-la – com quê?

O caso é tão sério que, com tutu ou sem tutu, providenciamos uma passagem para as águas – passagem mental e emocional, a fim de acompanhar de perto os treinos das equipes grená, verde, branca e azul. Mesmo de longe, estamos de olho no Feola e na bola, no joelho de Garrincha, no mocotó de Pelé, no tornozelo de Jairzinho, no fôlego heroico dos velhos, na garra dos novatos, em cada mínimo de que pode depender a conquista do tri.

O general Costa e Silva me desculpe, mas no momento o que bole com a gente é o preparo da Seleção, em que depositamos toda a nossa esperança do chamado Brasil melhor. Brasil não só limpo de frustrações como estimulado a fazer coisas justificativas de seu ser, na criação de formas boas de existência coletiva. Porque o futebol não nos consola apenas com nossas fraquezas: desafia-nos a criar em muitos campos, pela sua repercussão saudável no *animus* de todos; desencadeia vontade de viver e fazer, atiça, manda brasíssima!

A candidatura do general é fato secundário, em face das candidaturas do Tostão, do Paulo Borges, do Fontana, de outros calouros, ao posto de titular do escrete. São tantos garotões a mostrar que jogam o fino e, quando necessário, o duro, que a tal lista de candidatos a candidatos, da Arena, empalidece. Fica-se melancólico porque na área política não ocorre a mesma floração de talentos jovens e capazes que caracteriza o futebol brasileiro. Mas que a melancolia vá para o inferno, com tudo mais. Alcindo chuta com os dois pés e fez um gol maravilhoso? Ah, dele é que precisamos!

Na hora justa aparece *Brasil futebol rei*, álbum da Image Editora, que não chamarei de bonito, porque bonito é menos do que apelido. A bola, o atleta e o torcedor recebem afinal a homenagem que estavam merecendo na ordem intelectual e artística. Foto, desenho e palavra se juntaram para documentar uma paixão, como dizem os organizadores do volume: a paixão, o sonho-acordado, a glória geral, do homem poderoso ao lixeiro, que é a nossa arte do chute. Aldemir Martins, Torok e Araújo Neto compuseram a imagem que há de ficar como obra de arte e como testemunho de um modo de ser e sentir do nosso povo. Passar os olhos nessas páginas, contemplar os dinâmicos desenhos de Aldemir, as fotos que contam da integração do esporte na alma e na paisagem, ler os textos que são flagrantes vivos, sensíveis, do espetáculo e de sua repercussão psicológica, é fazer provisão de alegria para o que der e vier. Em tudo.

# O IMPORTUNO

— Que negócio é esse? Ninguém me atende?

A muito custo, atenderam; isto é, confessaram que não podiam atender, por causa do jogo com a Bulgária.

— Mas que tenho eu com o jogo com a Bulgária, faça-me o favor? E os senhores por acaso foram escalados para jogar?

O chefe da seção aproximou-se, apaziguador:

— Desculpe, cavalheiro. Queira voltar na quinta-feira, 14. Quinta-feira não haverá jogo, estaremos mais tranquilos.

— Mas prometeram que meu papel ficaria pronto hoje sem falta.

— Foi um lapso do funcionário que lhe prometeu tal coisa. Ele não se lembrou da Bulgária. O Brasil lutando com a Bulgária, o senhor quer que o nosso pessoal tenha cabeça fria para informar papéis?

— Perdão, o jogo vai ser logo mais, às 15h. É meio-dia, e já estão torcendo?

— Ah, meu caro senhor, não critique nossos bravos companheiros, que fizeram o sacrifício de vir à repartição trabalhar quando podiam ficar em casa ou na rua, participando da emoção do povo...

— Se vieram trabalhar, por que não trabalham?

— Porque não podem, ouviu? Porque não podem. O senhor está ficando impertinente. Aliás, disse logo de saída que não tinha nada com o jogo com a Bulgária! O Brasil em guerra – porque é uma verdadeira guerra, como revelam os jornais – nos campos da Europa, e o senhor, indiferente, alienado, perguntando por um vago papel, uma coisinha individual, insignificante, em face dos interesses da pátria!

— Muito bem! Muito bem! – os funcionários batiam palmas.

— Mas, perdão, eu... eu...

— Já sei que vai se desculpar. O momento não é para dissensões. O momento é de união nacional, cérebros e corações uníssonos. Vamos, cavalheiro, não perturbe a preparação espiritual dos meus colegas, que estão analisando a seleção búlgara e descobrindo meios de frustrar a marcação de Pelé. O senhor acha bem o 4-2-4 ou prefere o 4-3-3?

— Bem, eu... eu...

— Compreendo que não queira opinar. É muita responsabilidade. Eu aliás não forço a opinião de ninguém. Esta algazarra que o senhor está vendo resulta da ampla liberdade de opinião com que se discute a formação do selecionado. Todos querem ajudar, por isso cada um tem uma ideia própria, que não se ajusta com a ideia do outro, mas o resultado é admirável. A unidade pela diversidade. Na hora da batalha, formamos uma frente única.

— Está certo, mas será que, voltando na quinta-feira, eu encontro o meu papel pronto mesmo?

— Ah, o senhor é terrível, nem numa hora dessas esquece o seu papelzinho! Eu disse quinta-feira? Sim, certamente, pois é dia de folga no campeonato. Mas espere aí, com quatro jogos na quarta-feira, e o gasto de energia que isto determina, como é que eu posso garantir o seu papel para quinta-feira? Quer saber de uma coisa? Seja razoável, meu amigo, procure colaborar, procure ser bom brasileiro, volte em agosto, na segunda quinzena de agosto é melhor, depois de comemorarmos a conquista do Tri.

— E... se não conquistarmos?

— Não diga uma besteira dessas! Sai, azar! Vá-se embora, antes que eu perca a cabeça e...

Vozes indignadas:

— Fora! Fora!

O servente sobe na cadeira e comanda o coro:

— Bra-sil! Bra-sil! Bra-sil!

Estava salva a honra da torcida, e o importuno retirou-se precipitadamente.

## JOGO A DISTÂNCIA

Sentado no meio-fio, radiozinho ligado sobre os joelhos, o garoto chorava. Bati-lhe de leve no ombro, para consolá-lo. Ergueu os olhos marejados, disse apenas:

— Mas eles vão ver, quando a gente for grande!

\*

O repórter de TV saiu por aí, indagando:

— O senhor gostou do jogo? E o senhor?

O primeiro interrogado respondeu por todos:

— Como é que eu havia de gostar de uma porcaria dessas? O senhor é húngaro ou matusquela?

\*

A voz, vinda de Liverpool, espalhava-se pela rua:

— Não desanimem! Perdemos a batalha mas não a guerra!

O torcedor, acabrunhado, comentou:

— É como aquele cara atropelado, que perdeu a carteira.

\*

Por mais que se esforçasse, o pai não soube explicar aos meninos o que é, afinal, o gol *average*. O Tuca, recorrendo ao cabedal literário do ginásio, procurou tirá-lo do aperto:

— Já sei, papai, é feito o tal de plebiscito, né?

\*

Desabafou comigo, diante do chope amargo:

— Se fosse só a Hungria contra nós, eu ainda aguentava. Se fosse a Hungria mais o juiz, que anulou dois gols da gente, ainda aguentava. Mas a Hungria, o juiz e os nossos locutores, tudo junto, espera lá, não há tatu que aguente!

\*

Disseram os correspondentes, pelo rádio ou pelo jornal no dia seguinte:

— Como Djalma Santos jogou mal!

— Foi perfeito, Djalma Santos!

— Bellini é o único que se salva, no desastre geral.

— Bellini? A negação do futebol.

— Esse Kaposzta está abaixo do nível da equipe húngara.

— Tanto no apoio como na destruição, Kaposzta foi excelente.

— Paulo Henrique é que não andou bem.

— Paulo Henrique, sim, esteve ótimo.

— Rakosi não conseguiu passar pelo nosso Djalma Santos.

— Meus amigos, o jogo foi uma loucura dos dois lados!

— Partida muito boa, a melhor de todas disputadas até agora nesta Copa do Mundo.

Conclusão: travaram-se duas partidas ao mesmo tempo, no mesmo estádio, com os mesmos jogadores, e nós aqui pensando que era uma só.

\*

Não há nada mais triste do que o papel picado, no asfalto, depois de um jogo perdido. São esperanças picadas.

\*

Aquele procurava não sofrer muito:

— Eu sei que futebol é assim mesmo, um dia a gente ganha, outro dia a gente perde, mas por que é que, quando a gente ganha, ninguém se lembra de que futebol é assim mesmo?

\*

O outro estava tão exaltado que queria telegrafar a Havelange exigindo que dissolva a Comissão Técnica e a Seleção, e mande Pelé, sozinho, de qualquer jeito, disputar o jogo com Portugal, para limpar o vexame.

\*

João Brandão continua sereno:

— Perder é uma forma de aprender. E ganhar, uma forma de esquecer o que se aprendeu. Há um ditado nas Bateias que diz: "Muita chuva é sinal de sol."

## AOS ATLETAS

Os poetas haviam composto suas odes
para saudar atletas vencedores.
A conquista brilhava entre dois toques.
Era frágil e grácil
fazer da glória ancila de nós todos.

Hoje,
manuscritos picados em soluço
chovem do terraço chuva de irrisão.
Mas eu, poeta da derrota, me levanto
sem revolta e sem pranto
para saudar os atletas vencidos.

Que importa hajam perdido?
Que importa o não-ter-sido?
Que me importa uma taça por três vezes,
se duas a provei para sentir,
coleante, no fundo, o malicioso
mercúrio de sua perda no futuro?

É preciso xingar o Gordo e o Magro?
E o médico e o treinador e o massagista?
Que vil tristeza, essa
a espalhar-se sem rancor, e não em canto
ao capricho dos deuses e da bola
que brinca no gramado

em contínua promessa
e fez um anjo e faz um ogre de Feola?

Nem valia ter ganho
a esquiva Copa
e dar a volta olímpica no estádio
se fosse para tê-la em nossa copa
eternamente prenda da família
a inscrever no inventário
na coluna de mitos e baixelas
que à vizinhança humilha
quando a taça tem asas, e, voando,
no jogo livre e sempre novo que se aprende,
a este e àquele vai se derramando.

Oi, meu flavo canarinho,
capricha nesse trilo
tanto mais doce quanto mais tranquilo
onde estiver Bellini ou Jairzinho,
o engenhoso Tostão, o sempre Djalma Santos,
e Pelé e Gilmar,
qualquer dos que em Britânia conheceram
depois da hora radiosa
a hora dura do esporte,
sem a qual não há prêmio que conforte,
pois perder é tocar alguma coisa
mais além da vitória, é encontrar-se
naquele ponto onde começa tudo
a nascer do perdido, lentamente.

Canta, canta, canarinho,
a sorte lançada entre
o laboratório de erros

e o labirinto de surpresas,
canta o conhecimento do limite,
a madura experiência a brotar da rota esperança.

Nem heróis argivos nem párias,
voltam os homens – estropiados
mas lúcidos, na justa dimensão.
*Souvenirs* na bagagem misturados:
o dia-sim, o dia-não.
O dia-não completa o dia-sim
na perfeita medalha. Hoje completos
são os atletas que saúdo:
nas mãos vazias eles trazem tudo
que dobra a fortaleza da alma forte.

• • • •

FUTEBOL — *A partida de futebol é mais disputada por torcedores do que por atletas no campo.*

• • • •

POR AÍ — *No futebol, cada clube não tem uma torcida, tem um partido organizado, e eles se aliam ou se separam conforme os azares do campeonato.*

## A SEMANA FOI ASSIM

A semana? Passou que nem corisco,
somente aqui e ali deixando um risco
além do velho céu, hoje quadrado,
pelas naves do cosmo ultrapassado.
Que pretendem os homens: descobrir
um novo mundo, onde se possa rir?
brincar de amor? jogar de ser feliz?
tirar diploma de deus-aprendiz?
(Daqui a pouco o trânsito no espaço
estará de fundir cuca e espinhaço.)
Minha tia mineira não se espanta:
há sempre uma cantiga na garganta
para saudar o sonho, embora a ruga
da experiência prefira a tartaruga
em seu calmo ficar aqui por perto,
tartarugando no roteiro certo...
É isso a espécie: um revoar aos trancos,
aos gemidos, aos cálculos e arrancos,
entre miséria e ciência, na poesia
da eternidade posta num só dia.
Ninguém entende bem o tal contexto
de que tanto se fala; e Paulo Sexto,
dos bispos a escutar o iroso brado,
chora, talvez, ou se mantém calado?
Eu contesto o contexto, diz a voz
em torno, em cima, até dentro de nós,

e a humanidade, enquanto assim contesta,
do próprio contestar faz uma festa.
Ainda bem que aí salta o Jô Soares,
a provar que circundam pelos ares
mil amores sobrando para o gordo,
que por isso não sente mais a dor do
regime, não derramando pleno açúcar
no café, no pospasto, até no púcar(o)
da laranjada... Ai vida, que doçura,
quando magros e gordos, de mistura,
se sentirem amados por igual
em todo o território nacional,
e as nações forem todas um só povo,
na veludosa paz do homem novo!
Deliras, minha lira? Por enquanto
não devo reclamar prodígio tanto.
Olha o Dia do Mestre: o professor
(que do dinheiro ainda não viu a cor
em Minas) recebendo na bandeja
confetes de ternura e de ora-veja...
Em São Paulo calou-se o sax-barítono
de Booker Pittman: procuro um termo átono
para exprimir a falta, a grande pena
do som perdido, em meio à dor de Eliana.
E o sax-soprano, o clarinete? música
de *jazz*, que jaz, silente, em flauta mágica.
Mas voltemos à rima, com Bandeira
pintor, Antônio, e sua vida inteira
convertida em pintura da mais fina,
que veremos no MAM: pintura é sina
e prêmio de viver após a vida
tão longe e tão depressa fenecida.
E viva, viva o Vasco: o sofrimento

há de fugir, se o ataque lavra um tento.
Time, torcida, em coro, neste instante,
vamos gritar: Casaca! ao Almirante.
E deixemos de briga, minha gente.
O pé tome a palavra: bola em frente.

. . . .

MÉXICO 70 — *Declarada a Guerra da Copa, que fim levarão a do Vietnã, a do Oriente Médio e outras menores?*

## VENCER COM HONRA E GRAÇA
## MÉXICO 70

*Do alto desta montanha três Copas do Mundo
vos contemplam!*

## ENTREVISTA SOLTA

— Qual a mais bela palavra da língua portuguesa?

— Hoje é glicínia. Apesar de leguminosa.

— E amanhã?

— Cada dia escolho uma, conforme o tempo.

— A mais feia?

— Não digo. Podem escutar.

— Acredita em Deus?

— Ele é que não acredita em mim.

— E em Saldanha?

— O cisne ou o outro?

— O outro.

— Até Deus acredita nele.

— Então papamos a taça?

— Na raça.

— E se não paparmos?

— Eu não sou daqui, sou de Niterói.

— Mas tudo é Brasil.

## COM CAMISA, SEM CAMISA

Cardin consulta o Velho Testamento
(um grão de cultura ajuda o talento):
O primeiro homem não tinha camisa,
expunha o tórax ao beijo da brisa.
O sol lhe imprimia uns toques bronzeados,
Eva, no peito, fazia-lhe agrados...
Tão bacaninha! Pierre decretou:
"Camisa, *mes chers,* agora acabou."
Os camiseiros já fundem a cuca,
fecham-se teares, em plena sinuca.
"Olha só que pão!" exclama no *cock*
a moça vidrada, e tenta um bitoque
em cada tronco miguelangelesco
em que o pelo põe grácil arabesco.
Um convidado (?) chega de repente,
manda parar a prática inocente:
"Um lenço! uma toalha! um guardanapo
para cobrir o nu, depressa, um trapo,
um jornal de domingo, bem folhudo,
que esconda o peito, a perna, o pé e tudo!
Tem estátua pelada no salão?
Mesmo em foto, é demais a apelação!
Nu, nem no banheiro. Tá compreendido?
Melhor é ensaboar-se alguém vestido."
Viste, Pierre Cardin, o que fizeste
com tua inovação, cabra da peste?

Ante o rigor de repressão tamanha,
era uma vez tua última façanha.

Vamos mudar de assunto? Mas, cuidado:
se eu andar por aí, despreocupado,
à beira de algum rio ou pelos morros
onde passeiam cabras e cachorros,
que vejo? que me assusta? que me prende
os passos, como horrífico duende?
Um corpo metralhado, e uma caveira
pintada como símbolo ou bandeira
da justiça da selva – tribunal
que vinga o mal com outro maior mal.
E nunca se descobre que juízes
são esses, não se cortam as raízes
dessa árvore da morte, que viceja
ramalhosa, feroz, e que goteja
um orvalho de sangue e de terror?
Suprimamos, então, o promotor,
o Código, os jurados, pois "jurados"
são hoje os previamente condenados
à pena inexistente no papel
e vigente, no duro – a mais cruel.
Que grande economia, meu Brasil:
para a Justiça, nem mesmo um ceitil.

Daqui por diante vou "sentir" a Copa.
Você, meu irmãozinho, topa? — Topo.
Desisto de ensinar a João Saldanha
o que ele sabe mais do que eu: a manha,
a experiência, a garra, o sentimento
do esporte, no macio e no violento,
enfim, tudo de bravo que lhe invejo.

Sem ele é que a vaca vai pro brejo.
Se todo torcedor se mete a técnico,
o futebol se vira em pirotécnico
*show* de bombinhas e de busca-pés
que não estouram. Quantos mil Pelés
trago no bolso do colete (sem
colete, é claro). Aposto que ninguém
como o papai dirige em sonho, mas
vamos deixar time e Saldanha em paz.
Melhor ajuda quem não atrapalha
o lutador no campo de batalha.
Viva Tostão, Fontana e Rivelino,
viva esse escrete, e que ele jogue fino!

## DO TRABALHO DE VIVER

Decerto estou sonhando. Sonhos de abril, cara a cara com a manhã pura que o Escritório de Meteorologia me está oferecendo de graça, e que eu, pondo de lado grandes assuntos do momento, vou explorando na certeza de que faço algum bem a meus leitores se convencê-los a faltar hoje a certa obrigação tediosa que lhes deu ao café um gosto de mau humor. Porque eu já cumpri a minha, batendo estas mal traçadas. O resto fica por conta da imaginação de cada um. Só vejo hoje no Brasil um homem com obrigação de exigir velocidade aos outros. Chama-se Zagallo, e não o invejo. E já estou pensando em um futebol lento, mais do que lento, imóvel, em que os jogadores de ambos os times se sentem no chão para assistir à lenta germinação de uma folhinha de grama: o verde da vida.

## CARTA SEM SELO

À bola (na Concentração, Retiro dos Padres) — Bolinha minha, meu amigo redondo, suplico-te: não deixes a Copa ficar com Britânia ou outra qualquer nação que dela não precisa como precisamos nós. Faze o seguinte: se nossos atletas não derem tudo que têm obrigação de dar, assume por ti mesma o ataque, vai em frente e, sozinha, ganha para nós esse terceiro campeonato. Tostão talvez não jogue? Joga por ele. Por Pelé, por Dario e Rogério, joga pelos zagueiros e pelo goleiro, substitui o time inteiro, mas salva-nos! Ó preciosa, eu sei que do outro lado estão os adversários, mas que são os adversários, se resolves driblá-los e vencê-los a todos, fazendo por nós aquilo de que precisamos? Não compreendes, bolazinha gentil? Sorris de minha reza? Pois olha em redor, e vê se não é verdade o que digo. Ou ganhamos no México ou não sei o que será de nós, de nossos negócios particulares e até da segurança nacional. Sim, da segurança. Uma bola pode salvar o país, se tomar posição franca a nosso favor, contra tudo e contra todos. Anda, resolve-te. São 90 milhões que te exigem a pequena e santa malandragem de te esquivares ao pé inimigo e te aninhares mansa e pacífica na rede adversa. Daqui a pouco, até junho, serão 90 milhões e tanto, pois os que forem nascendo exigirão a mesma coisa. Bola, bolinha, bolacha, *darling*, amada, *mon ange, carina* e tudo mais que é ternura e esperança na linguagem do coração, e também da mente, pois o negócio é sério, não preciso esclarecer mais nada, tu me compreendes: salva-nos!

## PRECE DO BRASILEIRO

Meu Deus,
só me lembro de vós para pedir,
mas de qualquer modo sempre é uma lembrança.
Desculpai vosso filho, que se veste
de humildade e esperança
e vos suplica: Olhai para o Nordeste
onde há fome, Senhor, e desespero
rodando nas estradas
entre esqueletos de animais.

Em Iguatu, Parambu, Baturité,
Tauá
(vogais tão fortes não chegam até vós?)
vede as espectrais
procissões de braços estendidos,
assaltos, sobressaltos, armazéns
arrombados e – o que é pior – não tinham nada.
Fazei, Senhor, chover a chuva boa,
aquela que, florindo e reflorindo, soa
qual cantata de Bach em vossa glória
e dá vida ao boi, ao bode, à erva seca,
ao pobre sertanejo destruído
no que tem de mais doce e mais cruel:
a terra estorricada sempre amada.

Fazei chover, Senhor, e já! numa certeira
ordem às nuvens. Ou desobedecem
a vosso mando, as revoltosas? Tudo
é pois contestação? Fosse eu Vieira
(o padre) e vos diria, malcriado,
muitas e boas... mas sou vosso fã
omisso, pecador, bem brasileiro.
Comigo é na macia, no veludo/lã
e, matreiro, rogo, não
ao Senhor Deus dos Exércitos (Deus me livre)
mas ao Deus que Bandeira, com carinho,
botou em verso: "meu Jesus Cristinho".
E mudo até o tratamento: por que *vós*,
tão gravata-e-colarinho, tão
*vossa excelência*?
O *você* comunica muito mais
e se agora o trato de você,
ficamos perto, vamos papeando
como dois camaradas bem legais,
um, puro; o outro, aquela coisa,
quase que maldito
mas amizade é isso mesmo: salta
o vale, o muro, o abismo do infinito.
Meu querido Jesus, que é que há?
Faz sentido deixar o Ceará
sofrer em ciclo a mesma eterna pena?

E você me responde suavemente:
Escute, meu cronista e meu cristão:
essa cantiga é antiga
e de tão velha não entoa não.
Você tem a Sudene abrindo frentes
de trabalho de emergência, antes fechadas,

82

tem a ONU, que manda toneladas
de pacotes à espera de haver fome.
Tudo está preparado para a cena
dolorosamente repetida
no mesmo palco. O mesmo drama, toda vida.

No entanto, você sabe,
você lê os jornais, vai ao cinema,
até um livro de vez em quando lê
se o Buzaid não criar problema:
Em Israel, minha primeira pátria
(a segunda é a Bahia),
desertos se transformam em jardins,
em pomares, em fontes, em riquezas.
E não é por milagre:
obra do homem e da tecnologia.
Você, meu brasileiro,
não acha que já é tempo de aprender
e de atender àquela brava gente,
fugindo à caridade de ocasião
e ao vício de esperar tudo da oração?

Jesus disse e sorriu. Fiquei calado.
Fiquei, confesso, muito encabulado,
mas pedir, pedir sempre ao bom amigo
é balda que carrego aqui comigo.
Disfarcei e sorri. Pois é, meu caro.
Vamos mudar de assunto. Eu ia lhe falar
noutro caso, mais sério, mais urgente.

Escute aqui, ó irmãozinho.
Meu coração, agora, tá no México
batendo pelos músculos de Gérson,

a unha de Tostão, a ronha de Pelé,
a cuca de Zagallo, a calma de Leão
e tudo mais que liga meu país
a uma bola no campo e uma taça de ouro.
Dê um jeito, meu velho, e faça que essa taça
sem milagre ou com ele nos pertença
para sempre, assim seja... Do contrário
ficará a Nação tão malincônica,
tão roubada em seu sonho e seu ardor
que nem sei como feche a minha crônica.

## COPA DO MUNDO DE 70

### I / MEU CORAÇÃO NO MÉXICO

Meu coração não joga nem conhece
as artes de jogar. Bate distante
da bola nos estádios, que alucina
o torcedor, escravo de seu clube.
Vive comigo, e em mim, os meus cuidados.
Hoje, porém, acordo, e eis que me estranho:
Que é de meu coração? Está no México,
voou certeiro, sem me consultar,
instalou-se, discreto, num cantinho
qualquer, entre bandeiras tremulantes,
microfones, charangas, ovações,
e de repente, sem que eu mesmo saiba
como ficou assim, ele se exalta
e vira coração de torcedor,
torce, retorce e se distorce todo,
grita: Brasil! com fúria e com amor.

### II / O MOMENTO FELIZ

Com o arremesso das feras
e o cálculo das formigas
a Seleção avança
negaceia

recua
envolve.
É longe e em mim.
Sou o estádio de Jalisco, triturado
de chuteiras, a grama sofredora
a bola mosqueada e caprichosa.
Assistir? Não assisto. Estou jogando.
No baralho de gestos, na maranha
na contusão da coxa
na dor do gol perdido
na volta do relógio e na linha de sombra
que vai crescendo e esse tento não vem
ou vem mas é contrário... e se renova
em lenta lesma de *replay*.
Eu não merecia ser varado
por esse tiro frouxo sem destino.
Meus onze atletas
são onze meninos fustigados
por um deus fútil que comanda a sorte.
É preciso lutar contra o deus fútil,
fazer tudo de novo: formiguinha
rasgando seu caminho na espessura
do cimento do muro.

Então crescem os homens. Cada um
é toda a luta, sério. E é todo arte.
Uma geometria astuciosa
aérea, musical, de corpos sábios
a se entenderem, membros polifônicos
de um corpo só, belo e suado. Rio,
rio de dor feliz, recompensada
com Tostão a criar e Jair terminando
a fecunda jogada.

É gooooooooool na garganta florida
rouca exausta, gol no peito meu aberto
gol na minha rua nos terraços
nos bares nas bandeiras nos morteiros
gol
na girandolarrugem das girândolas
gol
na chuva de papeizinhos picados celebrando
por conta própria no ar: cada papel,
riso de dança distribuído
pelo país inteiro em festa de abraçar
e beijar e cantar
é gol legal é gol natal é gol de mel e sol.

Ninguém me prende mais, jogo por mil
jogo em Pelé o sempre rei republicano
o povo feito atleta na poesia
do jogo mágico.
Sou Rivelino, a lâmina do nome
cobrando, fina, a falta.
Sou Clodoaldo rima de Everaldo.
Sou Brito e sua viva cabeçada,
com Gérson e Piazza me acrescento
de forças novas. Com orgulho certo
me faço capitão Carlos Alberto.
Félix, defendo e abarco
em meu abraço a bola e salvo o arco.

Como foi que esquentou assim o jogo?
Que energias dobradas afloraram
do banco de reservas interiores?
Um rio passa em mim ou sou o mar atlântico
passando pela cancha e se espraiando

por toda a minha gente reunida
num só vídeo, infinito, num ser único?

De repente o Brasil ficou unido
contente de existir, trocando a morte
o ódio, a pobreza, a doença, o atraso triste
por um momento puro de grandeza
e afirmação no esporte.
Vencer com honra e graça
com beleza e humildade
é ser maduro e merecer a vida,
ato de criação, ato de amor.
A Zagallo, zagal prudente,
e a seus homens de campo e bastidor
fica devendo a minha gente
este minuto de felicidade.

## EM PRETO E BRANCO

No momento, somos milhões de brasileiros vendo a Copa do Mundo em preto e branco, e algumas dezenas vendo-a colorida. Faço parte da primeira turma, porém não protesto contra o privilégio da segunda. Talvez até sejamos nós, realmente, os privilegiados, pois nos é concedido o exercício livre da imaginação visual, esse cavalinho sem freio. Podemos ver o estádio de Jalisco recoberto das tonalidades mais deslumbrantes, os atletas mudando continuamente de matiz, fusões e superposições cromáticas, efeito de luz que só o cinema e os crepúsculos classe extra do Arpoador têm condição de oferecer-nos. Pelé, o mágico, vira arco-íris, na instantaneidade e gênio de suas criações. E tudo é *ballet* de cor a que vamos assistindo ao sabor da inventiva, na emoção das jogadas, desde que sejamos capazes de inventar. Ao passo que nossos poucos colegas aparentemente mais afortunados, reunidos a convite da Embratel diante da TV em cores, já têm o espetáculo pintado, bandeiras e uniformes dos jogadores com seus tons intransferíveis, os grandes painéis de publicidade com as tintas que apresentam nos muros do mundo inteiro. Levam desvantagem perante nós, os de imaginação solta. Não podem conceber cores novas, todas já estão carimbadas. Sinto vontade de convidá-los a vir para junto de nós, os preto-e-brancos; será que aceitam?

## SELEÇÃO, ELEIÇÃO

"Chute em gol: vote na Arena e ganhe na Loteria Esportiva."

"Bote na Câmara a Seleção da Arena."

"A Arena, 100% esportiva, garante um ataque fabuloso e uma defesa ainda melhor."

"Vote na Arena, que conquistou a Taça Jules Rimet para você."

Estes são alguns dos *slogans* que leremos e ouviremos daqui a pouco, ao abrir-se a campanha eleitoral (não esquecendo os *jingles* de Miguel Gustavo). A Arena recebeu instruções: deve esforçar-se por motivar o eleitorado, acenando-lhe com as nossas (suas, dela) vitórias esportivas no exterior, que, desta maneira, se transformarão em vitórias políticas no interior.

Naturalmente, certa cota de publicidade individual será concedida aos candidatos (arenistas), e surgirão mensagens neste estilo:

"O tri é do povo e José Gomes também."

"Um torcedor para senador: Pedro Polenta."

"O tiro de Rivelino, a experiência de Manuel Faustino."

"Tostão na Seleção, Leo Machado no Senado."

"O Rei é Pelé, mas o deputado é Mário Nazaré."

"Quer o IV Campeonato? Eleja Raimundo Nonato."

"Mais um! Mais um! Silvestre Mutum."

Etc. Ideias não faltam, e nomes. Aí estão Jairzinho, Brito, Clodoaldo, Gérson, Carlos Alberto, Zagallo, Jalisco, Guadalajara, caneco, esta é nossa, ninguém segura este país, toda a passional mitologia da Copa. Eleição com esses trunfos, e a Taça ainda quente, brandida com exclusividade pelos donos oficiais da bola, será *barbada* para a Arena.

Pobre do MDB, que lhe sobra para sensibilizar o eleitor? Talvez nossos êxitos internacionais no vôlei, no basquete, no tênis, no hipismo, no automobilismo? Pois sim. A Arena adjudicou-se igualmente o automobilismo, o hipismo, o tênis, o basquete, o vôlei, o futebol de botão, o jogo de palitos de fósforos, qualquer modalidade de esporte em que brilhe, lá fora, um brasileiro. Ganhou, já sabe: ela *papa*.

Ficará a Oposição com os êxitos esportivos internos? *C'est une bien maigre pitance.* As vitórias dos grandes clubes são polêmicas, dividem mais do que somam, ao contrário das vitórias de seleções nacionais, que provocam a unidade instantânea, absoluta. Se o MDB explorar os sucessos do Mengão-70, levará pau da torcida do Botafogo e do Fluminense, e reciprocamente. O mesmo com relação a Cruzeiro, Atlético, Santos, São Paulo, Corinthians… Votos perdidos.

Pelo sistema proporcional, que costuma vigorar em algumas democracias, seria simpático a Arena deixar ao MDB uma parcela das glórias atléticas do Brasil por esse mundo de Deus. Consentiria, por exemplo, em ceder, não digo Pelé e Tostão, o que seria crime contra a segurança nacional, mas Dario, Edu, Baldocchi, Fontana – a regra 3 – aos emedebistas filhos de Eva. A Arena, porém, considera que a Seleção não é repartível, feito bolo de aniversário. Quem ficou na reserva é igualmente campeão do mundo, e os campeões, seus dribles, passes, chutes, chuteiras e camisas suadas lhe pertencem, e tudo isso vai ganhar uma eleição. Lindamente.

— Mas você tem três goleiros, não precisa de tanto. Me dá o Leão! – suplica o deserdado Partido minoritário.

— Leão? Com esse nome, você pensa que me desfaço dele? – ruge, implacável o alto comando arenista.

— Me dá o Ado, então!

— Negativo. A Copa é minha e do Governo, de mais ninguém. Por que você não fica com os tchecos, os romenos, os ingleses? Fica com eles! O Alf Ramsey é uma gracinha, faz a campanha em torno do Alf Ramsey!

Consolo único do MDB é filosofar em sonho, onde tudo é permitido, principalmente o absurdo:

— Também, se a Arena não entrasse com a Seleção, eu queria ver ela ganhar a Taça do Congresso.

• • • •

BAIXOU O ESPÍRITO DE NATAL — *Os clubes de futebol, no auge da emotividade, concederão descanso de 24 horas seguidas a seus atletas, na data máxima da cristandade.*

• • • •

NOMES (SEM REGISTRO CIVIL) — *Neném Prancha — O famoso Antônio Franco de Oliveira, empregado da rouparia do Botafogo F. C., autor de frases como estas: "Pênalti é uma coisa tão importante que quem deveria bater é o presidente do clube." "O goleiro deve andar sempre com a bola, mesmo quando vai dormir; se tiver mulher, dorme com as duas." Neném é apelido caseiro; Prancha, devido ao tamanho de seus pés e mãos.*

## "FALOU E DISSE"

Confesso minha implicância com as frases célebres. Elas nada têm de espontâneo, e se por acaso a marca da naturalidade as distinguiu, o uso corrente lhes apaga este sinal. Converteram-se em frases feitas, de significação elástica ou nenhuma, ao capricho de quem as repete, nas aplicações menos adequadas.

Sou mesmo de opinião que a frase histórica nunca é suscitada pela situação histórica respectiva. Foi cunhada antes, visando ao eventual aproveitamento, ou depois do fato, quando não custa retocar a realidade por meio da imaginação. No momento em que devemos produzir um conceito sublime ou uma palavra heroica, duvido muito que tal nos ocorra. Só 24 horas depois, senão 12 meses mais tarde, é que a sentença admirável brota em nós, como flor que se esqueceu de abrir na estação própria.

Há também a frase célebre que não foi absolutamente pronunciada nem pensada, mas que alguém atribuiu a uma personalidade qual-quer, e se colou a esta nas biografias. De outras, a autoria é móvel, e finalmente circulam as sem dono, que não se sabe quando foram pronunciadas, se é que o foram. Em conclusão, frase célebre, para mim, não vale o "bom dia" ou o "está chovendo", que fazem parte do nosso cotidiano menos histórico. Poderia exemplificar o que fica dito, porém meu intuito não é desmentir a tradição nem a lenda, igualmente fecundas quando o editor nos propõe a feitura de um manual cívico. E pode ser que algum dia um editor maluco se lembre de fazer-me essa encomenda.

Pretendo apenas confessar que, não obstante minha alergia às frases ditas lapidares, fui invadido por algumas palavras ditas em São Paulo, que me deslumbraram. Pronunciou-as um homem simples, no campo de futebol. Refiro-me a Dario, atacante do Atlético Mineiro, também conhecido por Peito de Aço e Pluto (o segundo apelido lhe teria sido dado por Gérson). Dario é antes força da natureza do que um pensador desses que irradiam da Europa ou da América do Norte, para o universo, verdades supostamente definitivas, que não duram o tempo de uma geração. Dele se exclui qualquer intenção crítica ou filosófica. Jogou no seu time contra o Corinthians e saiu-se bem. Terminado o jogo, repórteres o cercaram, crivando-o de perguntas. Eram de tal natureza que Dario respondeu:

— Não me venha com problemáticas, pois tenho solucionáticas.

Eis aí. Dario disse mais do que disse, dizendo apenas sobre futebol. E porque não o disse com o propósito de generalizar, de emitir um alto pensamento, abrangente de questões mais complexas que as referentes à bola de couro, sua frase me parece digna de ser inscrita entre as manifestações autênticas de sabedoria. E é da maior utilidade na hora que vivemos. Pois os problemas estão nos afogando com sua maré montante; problemas verdadeiros, falsos problemas, problemas imaginários. Como se não bastassem os primeiros, esforçamo-nos por inventar os demais, complicando a complicação no limite de nossas capacidades complicatórias. As próprias soluções que formulamos são outros tantos problemas. Não foi à toa que se deu curso ao substantivo problemática. Não figura nos velhos dicionários da língua, que só registram o adjetivo, com acepção de "incerto, que se pode sustentar negativa ou afirmativamente". E na incerteza, na ambiguidade, na oscilação entre afirmar, negar e complicar, navegamos em onda de problemas ainda mais problematizados pelo uso de linguagem em código, privativa de problematizadores brevetados. Dario, sem querer, mas certeiro, reagiu contra isso, respondendo à altura. Atacam de problemática? Retruca de solucionática. E, com isso, ensina à gente uma atitude positiva, de bom senso e realismo.

Dario, atleta campeão mundial, como se sabe, foi incluído na Seleção Brasileira por iniciativa do Presidente Médici, que lhe apreciou o desempenho esportivo. Pois agora é justo solicitar a atenção de S. Exa. para este novo aspecto do jogador atleticano: um homem simples que diz verdades aproveitáveis. Dario pode livrar o Governo de muito inventador de problemáticas. Ele falou e disse.

## SOLUCIONÁTICA

Esta palavra não quer de jeito nenhum sair de minhas crônicas. O Ministro Jarbas Passarinho manda dizer-me que declina da honra de tê-la criado: "Por mim, que fique a primazia com o Dario, até porque, para ser sincero, tomei por empréstimo a frase ao Dr. Celso Barroso Leite, há bons dois anos." Portanto, demos a Celso (diretor da Capes) o que é de Celso.

## SOLUÇÃO

O papagaio atleticano
não vai calar o gol do Galo,
e não é justo nenhum plano
que tenha em mira silenciá-lo.

Evitem, pois, brigas forenses.
Outro projeto, mais certeiro,
aqui proponho aos cruzeirenses:
É ensinar: "Gol do Cruzeiro"

a um papagaio de igual força.
Haja, entre os dois, uma peleja
em que cada mineiro torça,
e, entre foguetes e cerveja,

o papagaio vitorioso
proclamado seja campeão
desse grato esporte verboso
de que sente falta a nação.

## PARLAMENTO DA RUA

Passando por aquela banca de jornais, na Avenida Rio Branco, não pude sofrear a exclamação:

— Salve, opinião pública!

Pois a banca era a própria opinião pública, diversificada como convém e é da essência do pensamento livre. O emblema da estrela solitária, ostentado em bandeirinhas e flâmulas, identifica-a como reduto de torcedores do Botafogo, que se aglomeram em seu redor para discutir a política esportiva.

Aparentemente, a opinião dos torcedores de um clube é maciça. Pois sim. Cada torcedor tem a sua óptica, a sua concepção, a sua verdade. Amam todos o mesmo clube, mas de maneiras distintas, e divergem, profundamente, na apreciação dos fatos, das técnicas de jogo, sobretudo das pessoas: cartolas, técnicos, atletas que podem servir à *grandeur* ou à *servitude* do objeto de sua paixão.

A banca do Botafogo, como as de outros clubes, é precisamente isto: um parlamento aberto, agitado, crítico, funcionando com absoluto desembaraço, vozes saudavelmente altas, que não deixam passar em silêncio qualquer aspecto do problema em debate. Desse confronto de pontos de vista, nem sempre sai a luz, mas vez por outra os deputados do povo (pois são deputados de imensa faixa popular, distribuída entre as agremiações cariocas) chegam a resultado positivo: deliberam por maioria, senão por unanimidade, que esta nunca é boa em democracia; há sempre necessidade de um espírito de porco, símbolo de individualismo renitente.

Foi uma dessas deliberações, bem visível porque exposta em cartaz manuscrito, entre as revistas do jornaleiro, que me arrancou o grito de entusiasmo cívico:

— Salve, opinião pública!

Com efeito, à luz do dia, na rua movimentada, podia-se ler a seguinte moção de desagrado ao ministério botafoguense:

"Fora Paraguaio e toda a Comissão Técnica, cortejadores de Brito e entregadores da vitória.

Queremos Paulistinha para técnico: homem que sabe muitas coisas dentro do clube."

O técnico Paraguaio que me perdoe. Perdoe-me a Comissão Técnica, e o próprio Brito não me leve a mal. Não tenho nada contra esses senhores, nem pretendo contribuir para a queda da atual situação do Glorioso. Ressalto apenas o sentido democrático da manifestação, assimilável aos pronunciamentos que são de rotina política em nações europeias e nos Estados Unidos, através dos quais a opinião pública estabelece o julgamento de personalidades e fatos, e cobra mudanças.

Cairá Paraguaio, subirá Paulistinha? A Comissão Técnica renunciará em bloco? Brito terá seu contrato cancelado ou sofrerá multa severíssima? Não importa se nada disso acontecer. A resistência dos dirigentes à opinião pública é a outra face da medalha, no jogo (pois tudo é jogo, esportivo ou não) entre poderes. Ainda agora, num plano mais amplo que o do futebol, o Primeiro-Ministro da Grã-Bretanha enfrenta a pressão dos mineiros em luta por melhores salários. Trabalhadores de um lado, Gabinete do outro, as razões deste e daquele campo são expostas com toda a nitidez, para quem quiser ouvi-las e balanceá-las.

No caso particular, entendo que o Botafogo nada perde em que seus problemas sejam discutidos assim debaixo da árvore, entre buzinadas e vendedores de lâminas e ventarolas. Pelo contrário, ganha. Essas repúblicas do futebol exercem a liberdade de expressão, a céu aberto, e a cartolice dos dirigentes não passa incólume pela vigilância dos torcedores, armados de boas ou sofríveis razões, mas sempre razões. Viva a liberdade de pensamento, viva a opinião pública, mesmo com iniciais minúsculas – mas tão bela, sempre. E salve, parlamento da rua!

• • • •

AS MÍNIMAS — *A Seleção Brasileira não é pródiga em fazer gols, mas não perde um jogo. O torcedor passional:*
*— Preferia que ela perdesse de 5 a 4, de 6 a 5, mas que metesse a criança na rede, de 15 em 15 minutos!*

## ESPERANÇAS PICADAS
### ALEMANHA 74

*Perder é uma forma de aprender. E ganhar, uma
forma de se esquecer o que se aprendeu.*

## A VOZ DO ZAIRE

De futebol não entendo, e é tarde para começar a entender. Por isso não me permito dar conselhos a mestre Zagallo, e muito menos chamá-lo à ordem, como faz tanta gente que tem no bolso da calça a Seleção ideal, além da fórmula infalível para que o Brasil tire de letra o quarto Campeonato Mundial. Confio em Zagallo como costumo confiar no motorista de ônibus (também não entendo de condução de veículos) que, quase sempre, me leva para casa, no horário vespertino. O primeiro já demonstrou seu saber de experiências feito. O segundo, idem, pois até agora tenho regressado são e salvo, o que significa, mais ou menos: vitorioso.

Este nariz de cera tem como objetivo esclarecer que, se vou falar hoje em Zaire, não é absolutamente com vistas à análise crítica do futebol do Zaire, e às possibilidades que a Seleção Brasileira tem de triunfar no jogo com os atletas de lá. Porque agora só se pensa nesse país em termos de pelota, e dizer Zaire é dizer um competidor do caneco.

## SERMÃO DA PLANÍCIE
### (Para não ser escutado)

Bem-aventurados os que não entendem nem aspiram a entender de futebol, pois deles é o reino da tranquilidade.

Bem-aventurados os que, por entenderem de futebol, não se expõem ao risco de assistir às partidas, pois não voltam com decepção ou enfarte.

Bem-aventurados os que não têm paixão clubista, pois não sofrem de janeiro a janeiro, com apenas umas colherinhas de alegria a título de bálsamo, ou nem isto.

Bem-aventurados os que não escalam, pois não terão suas mães agravadas, seu sexo contestado e sua integridade física ameaçada, ao saírem do estádio.

Bem-aventurados os que não são escalados, pois escapam de vaias, projéteis, contusões, fraturas, e mesmo da glória precária de um dia.

Bem-aventurados os que não são cronistas esportivos, pois não carecem de explicar o inexplicável e racionalizar a loucura.

Bem-aventurados os fotógrafos que trocaram a documentação do esporte pela dos desfiles de modas, pois não precisam gastar tempo infindável para fotografar o relâmpago de um gol.

Bem-aventurados os fabricantes de bolas e chuteiras, que não recebem as primeiras na cara e as segundas na virilha, como os atletas e os assistentes ocasionais das peladas.

Bem-aventurados os que não conseguiram comprar televisão a cores a tempo de acompanhar a Copa do Mundo, pois, assistindo pelo aparelho do vizinho, sofrem sem pagar 20 prestações pelo sofrimento.

Bem-aventurados os surdos, pois não os atinge o estrondar das bombas da vitória, que fabricam outros surdos, nem o matraquear dos locutores, carentes de exorcismo.

Bem-aventurados os que não moram em ruas de torcida institucionalizada, ou em suas imediações, pois só recolhem 50% do barulho preparatório ou comemoratório.

Bem-aventurados os cegos, pois lhes é poupado torturar-se com o espetáculo direto ou televisionado da marcação cerrada, que paralisa os campeões, ou do lance imprevisível, que lhes destrói a invencibilidade.

Bem-aventurados os que nasceram, viveram e se foram antes de 1863, quando se codificaram as leis do futebol, pois escaparam dos tormentos da torcida, inclusive dos ataques cardíacos infligidos tanto pela derrota como pela vitória do time bem-amado.

Bem-aventurados os que, entre a bola e o botão, se contentaram com este, principalmente em camisa, pois se consolam mais facilmente de perder o botão da roupa do que o bicho da vitória.

Bem-aventurados os que, na hora da partida internacional, conseguem ouvir a sonata de Albinoni, pois destes é o reino dos céus.

Bem-aventurados os que não confundem a derrota do time da Lapônia pelo time da Terra do Fogo com a vitória nacional da Terra do Fogo sobre a Lapônia, pois a estes não visita o sentimento de guerra.

Bem-aventurados os que, depois de escutar este sermão, aplicarem todo o ardor infantil no peito maduro para desejar a vitória do selecionado brasileiro nesta e em todas as futuras Copas do Mundo, como faz o velho sermoneiro desencantado, mas torcedor assim mesmo, pois para o diabo vá a razão quando o futebol invade o coração.

## DE BOLA E OUTRAS MATÉRIAS

Afinal de contas, o mundo não acabou, com a vitória da Seleção Holandesa sobre a Seleção Brasileira na Copa do Mundo. Continuou o mesmo, já repararam? No Brasil, estávamos no inverno e permanecemos no inverno, sem neve, e com mulheres mais elegantes em seus agasalhos, que civilizam a moda. Nenhum pobre ficou efetivamente mais pobre porque deixamos de fazer os gols considerados indispensabilíssimos para o orgulho (ou vaidade) nacional. Quem não tomou o pileque do triunfo, mas tomou o da derrota, fez a mesma coisa por motivo diferente e alcançou o mesmo resultado, que é absorver o acontecimento triste ou alegre. Ruth Maria, na manhã seguinte, deu a receita de lagostas ao creme com *champignon*, para quem gosta e pode. Há outras comidas mais em conta, e há também falta de comida para quem topa qualquer uma, como antes de quarta-feira 3. Em suma, tudo igual, e a gente aprende mais uma vez (esta lição precisa ser ensinada sempre, meus caros passionais) que perder também é negócio. Negócio meio áspero, mas temos de escriturar o "lucro negativo", que dissipa miragens, convida ao real e desafia o poder criativo. Em 1968, diante de outro malogro, também esportivo, um poeta de jornal sentenciava:
... Perder é tocar alguma coisa
mais além da vitória, é encontrar-se
naquele ponto onde começa tudo
a nascer do perdido, lentamente.

• • • •

POIS É, O IDOSO — *Com o barulho da Copa do Mundo, ninguém reparou que a metade do ano se foi e que ficamos mais idosos e mais problemáticos.*

· · · ·

INATIVOS — *Veem futebol pela televisão; uns tantos se animam a frequentar o Maracanã, torcendo por seus clubes. Sei de dois que morreram de pênalti (cobrado contra o quadro de sua paixão).*

## O LEITOR ESCREVE

É bem variado o correio de um colunista. A julgar pelo meu, que não chega a ser dos mais importantes. Vêm simultaneamente descomposturas de pessoas cuja existência ignorávamos, e que se declaram ofendidas pelas referências desairosas que lhes fizemos; coroas de louros verbais pelo texto que nos é atribuído mas que pertence a um nosso colega; convites amáveis para fazer conferências gratuitas em Bauru ou em Fortaleza; oferta de lotes privilegiados em lançamento espetacular, nos quais teremos como vizinhos nada menos que Eliana Pittman ou o Senador Petrônio Portela; pedidos de auxílio financeiro a associações promotoras do desarmamento nuclear pela prática da meditação supertranscendental; apelos para a instalação de água, luz, esgoto e posto de polícia no conjunto residencial do Deus-te-livre; colaboração espontânea em prosa e verso; e muitas coisas mais.

Entre as muitas coisas mais, ofereço-me hoje um espaço de lazer, cedendo a palavra a alguns leitores que se interessam pela sorte do mundo ou, quando menos, por assuntos paroquiais.

"Prezado cronista — Li que o Juiz de Menores vai se reunir com autoridades esportivas e torcedores, para botar um paradeiro no coro de palavrões que somos obrigados a ouvir no Maracanã. Será que a reunião não vai também ser abafada por um coro igual, embora em menores proporções? Duvido que se consiga acabar com o coral possante e cabeludo, que não revela só falta de educação, revela também necessidade de romper as barreiras da censura mental imposta pelas circunstâncias de todos sabidas (você sabe a quem me refiro). O povo grita nome feio porque a vida anda apertada por todos os quatro lados, e isso ele não pode dizer claramente. O antigo Código de Menores proibia a entrada de menores de 14 anos nos espetáculos esportivos. Agora, só proibindo a entrada de maiores nesses espetáculos. Mas nem isso resolve. Os garotos ouvem palavrão em casa e na rua, palavrão tá solto, então eles também ajudam o coro no Maracanã. A única solução mesmo é chamar um bom maestro para reger o coro. – *Lauro Romão Estensoro* (Rio)."

## ANÚNCIO NA CAMISA

A ideia de estampar anúncios nas camisas dos jogadores de futebol vai progredindo. Tudo indica que amanhã ou depois será realidade. Mas surgem problemas desde já. Indaga-se: o torcedor do time deverá também vestir o mesmo anúncio, para identificação de torcida?

E os cartolas do clube, será que, solidários com os atletas, precisarão comparecer no estádio com igual estamparia nas costas?

O juiz, que publicidade o juiz poderá exibir, que nem de longe signifique parcialidade com relação ao anúncio de qualquer dos times? Ou que represente contestação a ele? Os anúncios de refrigerantes e iogurte, por exemplo, atravessam fase polêmica, um querendo desmerecer o outro. Se o árbitro contratar a publicidade de um desses produtos, e um dos times aparecer em campo com a camisa do produto competidor, haverá motivo para alegar suspeição? O mesmo quanto a bandeirinhas e gandulas.

A camisa não deve ser provocativa, é claro, para não aumentar a excitação da massa, natural nas grandes partidas de campeonato. Será preciso criar uma agência especial, incumbida de aprovar os anúncios isentos de teor explosivo e vetar os que provoquem irritação numa torcida.

O problema do erotismo não é dos mais graves. Anúncios de sutiãs, calcinhas, absorventes, desodorantes especiais, apresentados de maneira ostensiva ou sutil, não assustam mais ninguém, e o transexualismo ganhou direito de cidade. Vez ou outra, porém, o capitão de um time poderá cismar de arguir a nulidade do jogo perdido, alegando fraude do adversário; o meia-direita tinha cara não só de anunciar como de consumir certo produto para damas.

A qualificação dos jogos é que poderia mudar daqui por diante. Locutores e cronistas esportivos passarão a referir-se à partida entre um "raro prazer" e "exportar é o que importa". A "marca mundial das três tiras" dá de 2 x 0 no "bonzão". Goleada de "duvidamos que alguém venda mais barato" na "segurança sem limite". "Pelos caminhos do mundo" fora do segundo turno. O técnico do "você sabe onde pisa" renovou contrato com o clube do "escolha aqui o seu imóvel". Sucesso absoluto: o time do "guarda-chuva" conquista o campeonato nacional, apesar da guerra movida pelo "dinheiro só em janeiro".

Evidentemente é um exagero a ideia, nascida não sei onde, de se autorizar também o anúncio-tatuagem, no peito, braços e costas do jogador, dispensando-se a camisa. Essa espécie de publicidade o acompanharia pelo resto da vida, impossibilitando novos contratos, possivelmente mais vantajosos, e pode ser até que desapareça o produto anunciado, sem vantagem alguma para o tatuado.

A bola, por sua vez, pode anunciar alguma coisa, mas tendo de receber o chute de dois anunciantes opostos, convém reservá-la para mensagens oficiais que sejam equidistantes da propaganda comercial. Seria o caso de guardá-la para pequenas frases de otimismo, elaboradas pela agência de bom humor e amor ao próximo, que funciona junto ao supremo escalão em Brasília.

Na propaganda política é que não vejo futuro para as camisas de atletas. Se aparecerem por aí umas do MDB, e outras da Arena, recomendando candidatos, e o escore for favorável ao primeiro, o Ministro Armando Falcão se sentirá obrigado a proibir a campanha partidária nos campos de futebol, como desvirtuadora das normas democráticas do atual Governo, no jogo político e em tudo mais.

De resto, camisa-propaganda não é nenhuma novidade. As ruas estão cheias de rapazes e moças portando camisas e blusas que recomendam produtos americanos. Só que os portadores não ganham nada por isso, e até compram a bom preço o direito de se converterem em outdoor ambulante. Garotos-propaganda curtindo o prazer do anúncio.

Bicicleta, relógio, goma de mascar, geladeira, caderneta de poupança, uísque, vibrador, pastas para seios, lâmina de barbear, montepio militar, cigarros, discos, apartamentos na Barra, tudo com o tempo se irá incorporando à pessoa física, ou esta a eles, de sorte que o homem e a mulher serão modalidades de anúncio. Todos nós venderemos alguma coisa, que consumimos ou não, mas de que daremos testemunho trazendo-lhe a imagem na roupa. Testemunho pago. *Uma boa.*

• • • •

JUIZ — *A imparcialidade do juiz é uma virtude que desejaríamos se voltasse para o nosso lado.*

# QUE IMPORTA O NÃO-TER-SIDO?
## ARGENTINA 78

*Entre a vitória real e a moral há margem para
todos os argumentos.*

# BRASIL VITORIOSO NA COPA TERÁ SOLUÇÃO DEMOCRÁTICA

A volta do país à normalidade democrática não depende em absoluto do resultado das eleições de novembro e da vitória da Arena – assegurou ontem em Brasília alta fonte política. Muito antes de se disputar a eleição assistiremos ao desfecho da crise institucional, que terá solução satisfatória se a Seleção Brasileira conquistar em Buenos Aires o divino caneco.

Ainda segundo o informante categorizado, se os nossos atletas trouxerem para o Brasil o conforto da vitória, um movimento popular irreprimível indicará o técnico Cláudio Coutinho para Presidente da República, e o General Geisel não fará objeção a essa iniciativa, pois sempre foi seu desejo terminar o mandato em plena harmonia com os anseios e aspirações do povo. O General Figueiredo, por sua vez, terá um *beau geste*, pedindo à Arena que retire a sua candidatura e satisfaça a aspiração geral.

Escolhido Coutinho, por unanimidade, para suceder a Geisel, é provável que Reinaldo seja seu Ministro da Justiça, e que outras pastas caibam a Zico, Rivelino, Cerezo e demais jogadores que se houverem destacado na Copa.

Coutinho no Governo fará a pacificação nacional até a seguinte Copa do Mundo, e se os brasileiros continuarem a vencer, o país será o mais feliz, sobre a face da Terra.

Mas se não formos bem-sucedidos na Argentina? – indagou a reportagem.

A fonte categorizada respondeu que nada tinha a dizer, pois não é técnico em explosões.

## FOI-SE A COPA?

Foi-se a Copa? Não faz mal.
Adeus chutes e sistemas.
A gente pode, afinal,
cuidar de nossos problemas.

Faltou inflação de pontos?
Perdura inflação de fato.
Deixaremos de ser tontos
se chutarmos no alvo exato.

O povo, noutro torneio,
havendo tenacidade,
ganhará, rijo, e de cheio,
a Copa da Liberdade.

• • • •

TUDO BEM — *Se o Flamengo é tricampeão, que importa o custo de vida?*

• • • •

ESPERANÇA — *Reflexão da vítima das enchentes em Minas, após o jogo Atlético-Flamengo: "Enquanto houver futebol, a gente tem chances de sobreviver."*

# O LOCUTOR ESPORTIVO

O locutor esportivo mais festejado em 1929 foi Anselmo Fioravanti, que não entendia de futebol e por isso inventava.

Sua estreia ao microfone gerou uma tempestade de protestos. Os ouvintes exigiam sua dispensa, mas o diretor da estação considerou que muitos outros se pronunciariam encantados com Anselmo, classificado como humorista de primeira água. Foi mantido, e sua atuação despertou sempre o maior sucesso. Jogo narrado por ele era muito mais fascinante do que a verdadeira partida.

Anselmo creditava o gol ao time cujo arco fora vazado. Trocava os nomes dos jogadores, invertia posições e fazia com que o clube derrotado empatasse ou ganhasse, conforme a inspiração do momento. Na verdade, ele não mentia. Apenas ignorava as regras mais comezinhas do esporte e contava o que lhe parecia estar certo.

Torcedores e agremiações o tinham em alta conta, porque ele mantinha aceso o interesse pelo futebol. Os vencedores de fato não se magoavam com a informação contrária, pois a vitória era inquestionável. E os derrotados consolavam-se com o triunfo imaginário que ele generosamente lhes concedia.

De tanto assistir a jogos, um dia ele narrou corretamente um lance. Houve pênalti e Anselmo anunciou pênalti. Foi a sua desgraça. Nunca mais ninguém lhe prestou ouvidos e Anselmo terminou os dias como gari em Vila Isabel.

# O TORCEDOR

No jogo de decisão do campeonato, Eváglio torceu pelo Atlético Mineiro, não porque fosse atleticano ou mineiro, mas porque receava o carnaval nas ruas se o Flamengo vencesse. Visitava um amigo em bairro distante, nenhum dos dois tem carro, e ele previa que a volta seria problema.

O Flamengo triunfou, e Eváglio deixou de ser atleticano para detestar todos os clubes de futebol, que perturbam a vida urbana com suas vitórias. Saindo em busca de táxi inexistente, acabou se metendo num ônibus em que não cabia mais ninguém, e havia duas bandeiras rubro-negras para cada passageiro. E não eram bandeiras pequenas nem torcedores exaustos: estes pareciam ter guardado a capacidade de grito para depois da vitória.

Eváglio sentiu-se dentro do Maracanã, até mesmo dentro da bola chutada por 44 pés. A bola era ele, embora ninguém reparasse naquela esfera humana que ansiava por tornar a ser gente a caminho de casa.

Lembrando-se de que torcera pelo vencido, teve medo, para não dizer terror. Se lessem em seu íntimo o segredo, estava perdido. Mas todos cantavam, sambavam com alegria tão pura que ele próprio começou a sentir um pouco de Flamengo dentro de si. Era o canto? Eram braços e pernas falando além da boca? A emanação de entusiasmo o contagiava e transformava. Marcou com a cabeça o acompanhamento da música. Abriu os lábios, simulando cantar. Cantou. Ao dar fé de si, disputava à morena frenética a posse de uma bandeira. Queria enrolar-se no pano para exteriorizar o ser partidário que pulava em suas entranhas. A moça, em vez de ceder o troféu, abraçou-se com Eváglio e beijou-o na boca. Estava batizado, crismado e ungido: uma vez Flamengo, sempre Flamengo.

O pessoal desceu na Gávea, empurrando Eváglio para descer também e continuar a festa, mas Eváglio mora em Ipanema, e já com o pé no estribo se lembrou. Loucura continuar Flamengo a noite inteira à base de chope, caipirinha, batucada e o mais. Segurou firme na porta, gritou: "eu volto, gente! Vou só trocar de roupa" e, não se sabe como, chegou intacto ao lar, já sem compromisso clubista.

· · · ·

O SANTO REPOUSO — *Trabalha-se muito no Brasil em projetos de anulação do trabalho, para fins comemorativos, seja o Natal ou a Copa do Mundo.*

# A HORA DURA DO ESPORTE
## ESPANHA 82

*Mas será suficiente fazer tudo, e exigir da sorte um
resultado infalível?*

## BALANÇO ATRASADO

Pensando bem, a Seleção Brasileira, no já distante Mundialito, conseguiu agradar a todos: aos nacionalistas apaixonados, vencendo uma partida; às pessoas moderadas, empatando outra; e aos pessimistas, perdendo a última.

## VARIAÇÕES EM TEMPO DE CARNAVAL

No mais, somos campeões prévios da Copa de Madri e não abrimos. Se somos favoritos, para que jogar? O país inteiro curva-se ante os pés da Seleção, que são múltiplos e nos dispensam de correr. Mandem a Taça Jules Rimet pelo correio aéreo e estamos conversados. O melhor da festa é comemorar antes.

# EXPLOSÃO

Se a gente ganha a Copa do Mundo, este país explode. Se perder, explode também. Não há alternativa. No primeiro caso, ainda haverá a tentativa oficial de convocar os campeões da Taça Jules Rimet para governarem o Brasil, sob o comando do General de 11 Estrelas Telê Santana. Mas sem resultado. Cada brasileiro se sentirá campeoníssimo e há de querer governar, sozinho, pelo menos a América Latina, ou a Europa – e o Brasil ficará, desculpem, desgovernado. No segundo caso... Cala-te, boca.

# COPA

Aqui este desligado, ao alertar os leitores sobre o perigo de perdermos (ou ganharmos) a Copa do Mundo, chamou-a de Taça Jules Rimet. Santa ignorância, que um amigo corrigiu: esta ninguém nos tira, pois a conquistamos definitivamente no preço de três campeonatos ganhos. Então retifico: a Copa do Mundo não tem nome de gente. E não há a menor chance de, no caso de vitória brasileira, ela vir a chamar-se Taça Paulo Maluf.

## O LEITOR ESCREVE

Hoje cedo a vez aos leitores, que dão preferência a esta humilde coluna para expansão de suas ideias, sugestões, queixas, protestos e o mais que lhes venha à cabeça. É preferência que me honra e ainda me facilita a vida, pois dispensa dizer alguma coisa de meu, quando a vontade é passar à condição de leitor, sem compromisso de escrever, enquanto os leitores aspiram à condição de colunistas.

\*

"Está muito bem que os bancos não funcionem enquanto a Seleção entra em campo, na Copa do Mundo, mas só isso? O Governo se esqueceu de que a emoção nacional não dura apenas o horário de uma partida, mas precede a esta e continua depois dela. O mesmo se pode dizer quanto ao funcionamento das repartições e escritórios, ministério, tribunais, Congresso, assembleias legislativas, câmaras municipais, etc. Parar só duas horas não resolve. É preciso declarar o Brasil em recesso durante todo o período da Copa. Mesmo porque não adianta o país querer funcionar para outra coisa que não seja o exercício da torcida, enquanto nossa Seleção dá duro na Espanha para comprovar, mais uma vez, que temos o melhor futebol do mundo. Detalhe importante: prorrogue-se o prazo de pagamento de dívidas de qualquer natureza enquanto houver Copa. Não é lícito pensar em débitos quando a bola salta dos pés de Zico para as redes adversárias ou quando as nossas redes estão ameaçadas. Os bancos estatais e particulares não devem abrir em nenhum momento, durante o Mundial. Outra coisa: nada de política, pesquisas de opinião, convenções partidárias, debates na TV. Do contrário, sei não, a corrente não vai pra frente. *Xisto Pacheco – Rio de Janeiro.*"

# O RIO ENFEITADO

A outra massa, compadre, a mais numerosa, dedica-se a festejar antecipadamente a quarta Copa do Mundo pela nossa Seleção, isto é, pelo Brasil, pois não fazemos por menos. As ruas são uma floresta de faixas e bandeiras, o Rio ficou florido de esperanças que são certezas prévias, é a Pátria em festa agradecendo a seus filhos a vitória espetacular. De repente esquecemos a inflação, a arrastada abertura política, os candidatos a candidatos e só pensamos, sentimos, comemos e dormimos (ou melhor: vigilamos) a Copa.

É alegre, é perigoso, é empolgante, e até eu que lhe escrevo e que não sou propriamente um esportista ou torcedor nato já me vejo, por força do contágio, celebrando de galhardete e grito os futuros gols do Brasil, personificado em Zico e demais *cobras* da Seleção. Só admitimos o triunfo. Dizem que isso assim de véspera não é bom, carece esperar para ver o bicho que dá – o bicho que, na versão específica dos atletas, os faz impacientes, como se já quisessem recebê-lo por conta de uma vitória a ser conquistada.

O fato é que não há massa disponível para torcer por esse ou aquele Partido que espera conquistar o Governo do Estado do Rio e fazer senador e deputado de montão. As faixas de propaganda de candidatos desaparecem ante a invasão de tiras verde-amarelas que prelibam o sucesso nacional na Espanha. Ainda se um desses candidatos formasse na reserva do time do Telê, tudo bem; seria aclamado como craque defensor da Pátria, com votação garantida e superpartidária. Mas assim ao relento, como simples políticos, preocupados em salvar as finanças, o abastecimento, a qualidade de vida do pessoal, não dá. O momento é da bola, a ser chutada ou manobrada por pés brasileiros que conhecem as divinas artes de iludir o adversário mais assustador e vencê-lo na raça ou na graça.

# O INCOMPETENTE NA FESTA

Nós, os cronistas de outros assuntos, perdemos o assunto. Nossos temas, volteios e gracinhas foram confiscados e recolhidos ao depósito de inutilidades. Dizem que provisoriamente, só até julho. Eles nos serão restituídos, findo este tempo? Receio que não. Quer dizer, depende. Mas quem pode garantir que um dia voltaremos a atuar em nossa área limitada? Perdemos o bonde, mesmo não havendo mais bonde, salvo o bondinho do Pão de Açúcar, numa hora dessas?

Tenho que reformular meus truques, fingir uma competência que nunca tive e ir na retaguarda do Sandro, do Novais, do Cabral, do Saldanha e outros cobras, deitando sabença especializada, interpelando de frente Giulite, interpretando secretos pensamentos de Telê, pondo reparo nos pés de Zico, espionando os espiões dos treinos, jogando verde para colher maduro no papo com os jornalistas do mundo inteiro, todos eles sabendo muito mais do que eu que não sei patavina (até esta palavra patavina vai fazer rir os entendidos). Em resumo: defendendo o meu lugar ao sol, aliás à sombra, nesta época de reaquecimento da economia combinado com o enregelamento do desemprego.

Ai! não sou forte no ramo. Nem forte nem assim-assim, desde aquele dia fatal da primeira pelada em que a chuteira do *center-forward* adversário – seria mesmo adversário, ou um companheiro a quem eu empatava a jogada? – entrou de sola na minha canela, e jurei que nunca mais tomaria conhecimento da bola.

A bola vingou-se do meu juramento, não me dando a menor pelota até hoje. Até sempre. E tenho de quebrar a jura, ou a cara,

*132*

cumprimentando-a como velha conhecida, fazendo-lhe afagos mil, provando que nada me escapa de sua apaixonante personalidade – a bola brasileira, é claro, uma bola especialíssima que assumiu com galhardia a responsabilidade de ser a melhor bola de todas existentes e por existir, a mais hábil, a mais certeira, a mais bola de todas as bolas.

E como não me auxiliam o saber de experiências feito, a madura autoridade de frequentador do Maracanã, a leitura dos manuais, a crítica dos juízes, a observação dos bandeirinhas, o segredo das apostas, o vocabulário dos técnicos, a ronha dos jogadores, e tudo mais que compõe um universo fechado à minha vã contemplatividade, que fazer, pergunto-me, senão me meter no fluxo da multidão e, disperso, atomizado, converter-me em buzina, em grito, em oba, em olé?

Sinto que até para isto é preciso treinar. Meu palavreado é esdrúxulo, inadequado à explosão súbita da emoção do torcedor. Não devo berrar "Aleluia!" diante do gol de letra; nem "Alvíssaras!" ao observar o entrosamento do meio-campo. Entre o tiro indireto e o tiro de meta, devo me prevenir contra uma bola dividida, aprender correndo a lei do sobrepasso e não dar cabeçada ilusória na bola fora do meu alcance. Evitar que me deem cartão amarelo ou vermelho ou negríssimo, de torcedor inepto.

Tenho que aprender muito com o primeiro garoto da escola pública mais próxima, que se decidir a perder tempo comigo iniciando-me na tabelinha, nas jogadas de armação e no mistério dos signos das camisas, tanto mais preciosas quanto mais suadas. Por que o algarismo 10 é mágico? Eu sei, mas não entendo.

E outras e outras. Por enquanto, para vergonha minha, vou ensaiando, como estímulo à Seleção nacional (que não precisa de mim mas eu preciso dela), minhas desajeitadas exclamações: O Brasil espera que cada um cumpra o seu dever. *Alea jacta est! Le jour de gloire est arrivé!* Eia! Sus! Põe-te em guarda, mancebo! Do alto desta montanha três Copas do Mundo vos contemplam! Quem não arrisca não petisca! Amanhã é dos loucos de hoje! (Fernando Pessoa). *In hoc signo vinces!* Ou tudo ou nada!

Querem mais? Vai em frente, avante, *adelante*, pé na tábua! Quem não tem cão caça com gato! Cambrone também ajuda em certas ocasiões! Evoé! Ou vai ou racha! Eta ferro! Na guerra como na guerra! Olho vivo, que até cavalo *tá* subindo escada! Não deixem eles virem de borzeguins ao leito! Vamos à luta! Onde tem briga eu entro! Homem macho não usa barbicacho! É hora, é hora, é hora!

Mais? É canja! *It's a cinch!* Eles vão ver com quantos paus se faz uma canoa! Saravá! Quem for brasileiro que me siga! Quero o repeteco do caneco! Daqui não saio, daqui ninguém me tira! Juiz ladrão! Foraaaaaa! Conheceu, papudo? Por São Jorge e pela minha dama! Ali vem a nossa comida pulando! (*apud* Hans Staden) Deus é canarinho! Dou-lhe uma, dou-lhe duas, dou-lhe três, o resto é freguês!

Etc. Já estou rouco, não posso continuar.

# ENTRE CÉU E TERRA, A BOLA

A esta altura dos acontecimentos, falar em Santo Antônio, São João e São Pedro como os três santos de junho talvez seja anacronismo. Não faltará quem conteste, afirmando que os verdadeiros três santos do mês se chamam São Éder, São Sócrates e São Toninho Cerezo. Já outros porão em dúvida a terceira devoção, preferindo soltar fogos em honra de São Paulo Isidoro, enquanto outros ainda reclamarão: "E São Zico, se esqueceram dele?" Um altar imprevisto vai sendo providenciado para São Oscar.

Não há unanimidade, como não a houve na convocação do PDS em Belo Horizonte, que também se pode comparar a uma reunião vaticana para fins de canonização. São Magalhães Pinto recebeu um modesto segundo lugar, cedendo o primeiro a São João Marcos, para surpresa geral, não muito geral, é certo, pois na Congregação dos Ritos, isto é, na cúpula pedessista mineira, essas coisas são preparadas com muita arte, e quem não percebe é quem está de fora. De resto, os santos proclamados pelos convencionais, a rigor, serão, no máximo, beatos, pois a sagração definitiva só ocorrerá em dezembro, e outros candidatos ao altar serão apresentados pelo PMDB, partido que conta com grande número de fiéis, dispostos a invadir o céu e instaurar uma nova corte de santos, bem-aventurados, e, se possível, anjos, arcanjos e virgens.

Não existindo dois céus paralelos, o espaço principal nas alturas há de ser ocupado, na primeira fila, por São Tancredo ou Santo Eliseu. Os que manuseiam o Antigo Testamento ponderam que Eliseu não pode ser santificado, pois sua condição bíblica é a de profeta, e como tal anterior à era cristã. Mas seus devotos não acham graça na ideia de renderem culto a São Tancredo, que ameaça promover grandes mudanças num Paraíso ocupado há longos anos pela mesma seita religiosa, que naturalmente não deseja perder os seus cômodos.

Por aí se vê como os outrora prestigiosos santos convencionais do calendário baixaram de cotação. Se ouvimos o espocar de fogos, não é mais em homenagem a um deles, mas simples recurso de propaganda eleitoral. Muita gente ainda considera o foguete bem fabricado e lançado na ordem certa o melhor sucedâneo de ideias e projetos que o candidato não teve tempo ou gosto de formular. Os fogos de artifício, então, nem se fala. Valem por um bom programa de Governo, com a vantagem de não enganarem ninguém: são mesmo de artifício. As fogueiras em que se assavam batatas logo comidas pela moçada já não se distinguem por este préstimo, devido ao preço desse produto alimentar. E a pesca de um lugar ao sol anda cada vez mais problemática, entre o subemprego e o desemprego reinantes. Quanto a casamentos promovidos por Santo Antônio, é tão escassa a procura, que...

Mais do que a política, o futebol tomou conta do mês de junho, a menos que, com a provável vitória da Seleção Brasileira na Espanha, ele ocupe a atenção e a emoção dos brasileiros até o final de dezembro, se não preferir fazê-lo durante os próximos quatro anos ou mesmo até a consumação do século: por que não? Se o fascínio desse esporte alcança indistintamente todas as idades e classes sociais e se é difícil o congraçamento nacional em torno de um modelo de organização social e política do país (e tal modelo ainda não foi concebido satisfatoriamente), resta-nos encontrar o ponto de convergência na única realidade aceita unanimemente entre nós: a bola e suas espetaculares evoluções determinadas pelos nossos invencíveis atletas.

Os políticos tenham paciência, pois esta não é a vez deles. Alguns podem talvez destacar-se em peladas de fim de semana em Brasília, mas nenhum deles será capaz de cobrar um escanteio como Serginho (quando Serginho está inspirado para a cobrança). O Dr. Maluf presume-se jogador de qualquer posição, capaz até de, como goleiro, fazer gol ao devolver a bola, mas uma sólida marcação pode travar-lhe o ímpeto. Lula ensaia os primeiros chutes como artilheiro, Jânio deixou de ser confiável ao abandonar o campo nos primeiros minutos do jogo, e os generais pré-candidatos parece que embolarão o meio-campo no afã de ocuparem a mesma área, que não dá para todos.

No momento, o público pagante e exultante não está a fim de celebrar os santos de junho nem de assistir às mágicas reformistas do Governo, que perde longe para o Circo Tihany. O pessoal não está presente. Está em Sevilha, vibrando. Junho de 82 é um mês diferente de outros junhos. Nesta quadra, em face das circunstâncias, nos desinteressamos da salvação pelo eterno, através dos três santos bons de antigamente, e esquecemos a parolagem dos comícios e a figuração dos cartazes. Bola pra frente, os santos que nos desculpem, e os candidatos também.

# PERDER, GANHAR, VIVER

Vi gente chorando na rua, quando o juiz apitou o final do jogo perdido; vi homens e mulheres pisando com ódio os plásticos verde-amarelos que até minutos antes eram sagrados; vi bêbados inconsoláveis que já não sabiam por que não achavam consolo na bebida; vi rapazes e moças festejando a derrota para não deixarem de festejar qualquer coisa, pois seus corações estavam programados para a alegria; vi o técnico incansável e teimoso da Seleção xingado de bandido e queimado vivo sob a aparência de um boneco, enquanto o jogador que errara muitas vezes ao chutar em gol era declarado o último dos traidores da Pátria; vi a notícia do suicida do Ceará e dos mortos do coração por motivo do fracasso esportivo; vi a dor dissolvida em uísque escocês da classe média alta e o surdo clamor de desespero dos pequeninos, pela mesma causa; vi o garotão mudar o gênero das palavras, acusando a mina de pé-fria; vi a decepção controlada do Presidente, que se preparava, como torcedor número um do país, para viver o seu grande momento de euforia pessoal e nacional, depois de curtir tantas desilusões de governo; vi os candidatos do partido da situação aturdidos por um malogro que lhes roubava um trunfo poderoso para a campanha eleitoral; vi as oposições divididas, unificadas na mesma perplexidade diante da catástrofe que levará talvez o povo a se desencantar de tudo, inclusive das eleições; vi a aflição dos produtores e vendedores de bandeirinhas, flâmulas e símbolos diversos do esperado e exigido título de campeões do mundo pela quarta vez, e já agora destinados à ironia do lixo; vi a tristeza dos varredores da limpeza pública e dos faxineiros de edifícios, removendo os destroços da esperança; vi tanta coisa, senti tanta coisa nas almas...

E chego à conclusão de que a derrota, para a qual nunca estamos preparados, de tanto não a desejarmos nem a admitirmos previamente, é afinal instrumento de renovação da vida. Tanto quanto a vitória, estabelece o jogo dialético que constitui o próprio modo de estar no mundo. Se uma sucessão de derrotas é arrasadora, também a sucessão constante de vitórias traz consigo o germe de apodrecimento das vontades, a languidez dos estados pós-voluptuosos, que inutiliza o indivíduo e a comunidade atuantes. Perder implica remoção de detritos: começar de novo.

Certamente, fizemos tudo para ganhar esta caprichosa Copa do Mundo. Mas será suficiente fazer tudo, e exigir da sorte um resultado infalível? Não é mais sensato atribuir ao acaso, ao imponderável, até mesmo ao absurdo, um poder de transformação das coisas, capaz de anular os cálculos mais científicos?

Se a Seleção fosse à Espanha, terra de castelos míticos, apenas para pegar o caneco e trazê-lo na mala, como propriedade exclusiva e inalienável do Brasil, que mérito haveria nisso? Na realidade, nós fomos lá pelo gosto do incerto, do difícil, da fantasia e do risco, e não para recolher um objeto roubado.

A verdade é que não voltamos de mãos vazias porque não trouxemos a taça. Trouxemos alguma coisa boa e palpável, conquista do espírito de competição. Suplantamos quatro seleções igualmente ambiciosas e perdemos para a quinta. A Itália não tinha obrigação de perder para o nosso gênio futebolístico. Em peleja de igual para igual, a sorte não nos contemplou. Paciência, não vamos transformar em desastre nacional o que foi apenas uma experiência, como tantas outras, da volubilidade das coisas.

Perdendo, após o emocionalismo das lágrimas, readquirimos (ou adquirimos, na maioria das cabeças) o senso da moderação, do real contraditório, mas rico de possibilidades, a verdadeira dimensão da vida. Não somos invencíveis. Também não somos uns pobres-diabos que jamais atingirão a grandeza, este valor tão relativo, com tendência a evaporar-se.

Eu gostaria de passar a mão na cabeça de Telê Santana e de seus jogadores, reservas e reservas de reservas, como Roberto Dinamite, o viajante não utilizado, e dizer-lhes, com esse gesto, o que em palavras seria enfático e meio bobo. Mas o gesto vale por tudo, e bem o compreendemos em sua doçura solidária. Ora, o Telê! Ora, os atletas! Ora, a sorte! A Copa do Mundo de 82 acabou para nós, mas o mundo não acabou. Nem o Brasil, com suas dores e bens. E há um lindo sol lá fora, o sol de nós todos.

E agora, amigos torcedores, que tal a gente começar a trabalhar, que o ano está na segunda metade?

• • • •

GUERRA E COMBATES — *O trocador do ônibus não quer ver Maradona mobilizado; prefere vê-lo contratado pelo Flamengo, num dia de glória para o clube.*

# SEM REVOLTA E SEM PRANTO
## MÉXICO 86

*Será que o Maradona vai nos tirar essa alegria?*

# FUTURO

O futuro Presidente da República será um civil de quatro estrelas ou um general de paletó-saco. De qualquer maneira estarão satisfeitas as aspirações democráticas. Não será por falta de Presidente, ou de roupa adequada, que deixaremos de ir em frente. O problema não está na sucessão de Figueiredo, mas na escolha da Seleção para a Copa de 1986. Precisamos de pernas novas na Colômbia. O Brasil não suporta mais a perda de um campeonato mundial.

# COPA

Vamos exigir um compromisso dos candidatos a qualquer coisa no país, vamos elevar preces ao Altíssimo, vamos nos organizar em corrente para trás, vamos fazer tudo e mais ainda para que a Colômbia não abandone o compromisso de efetuar a Copa do Mundo em 1986. Vamos evitar que a Copa seja transferida para o Brasil. Quem fala é um patriota, não um traidor da Pátria. Já imaginaram o que será a vida da gente, o que será do Brasil se esta ameaça se consumar? Para tudo, a começar pela Presidência da República, Poder Legislativo e Poder Judiciário, até o último faxineiro do hospital. Não haverá mais nem paz nem eletricidade nem ordem pública nem supermercados nem correio nem transportes nem sepultamentos nem vestígios de vida organizada. E se o Brasil ganhar a Copa: ficará pedra sobre pedra? E se perder: restará alguém vivo?

Pelo amor de Deus e de nossa terra, Presidente, não fale ao Giulite nem ao Havelange que estamos dispostos a promover a Copa! Olhe as coronárias, as suas e as da gente!

## COPA

Grande pedida para acalmar impaciência e sofrimento popular é a ideia da Copa do Mundo no Brasil. Dá para aguentar três anos. Grande Ministro do Planejamento, grande Presidente Esportivo da República, o Dr. Giulite. Se ganharmos a Copa, a felicidade vai ser total e não se fala em mais nada. Se perdermos... São Giulite Mártir terá vez no calendário brasileiro. Mas até lá viveremos ao abrigo da inflação, do desemprego, da dívida externa, da confusão política e de tudo mais que atrapalha, chateia, assusta e torna impossível a vida cotidiana. Viva a Copa.

$\cdots$

FRASES COLHIDAS NO AR — *Que bom seria se a FIFA instituísse a Taça do Empate!* — Carlos Alberto Parreira.

# PELÉ, O MÁGICO

*O difícil, o extraordinário, não é fazer mil gols, como Pelé. É fazer um gol como Pelé.*

## OS PAIS DE PELÉ

Apareceram na televisão, depois da vitória, levados pelo repórter. O pai jogou futebol no interior de Minas, mas admite que o filho conseguiu ser esportista mais hábil do que ele. A mãe não queria que o menino chutasse: mandava-o fazer compras e ele não voltava; então punha o pai no encalço do filho, forçando Pelé a largar a bola. Dizem essas coisas com naturalidade e uma grande ausência de vanglória. Ele fala pouco e em tom sóbrio; ela sorri discretamente. O fato de serem pais de um campeão do mundo não lhes perturbou a cabeça. Sem saber, estavam dando lição a muita gente que, não sendo nem pai nem mãe de Pelé e dos outros campeões, está cobrando os dividendos da vitória, em publicidade.

## PELÉ: 1.000

O difícil, o extraordinário, não é fazer mil gols, como Pelé. É fazer um gol como Pelé. Aquele gol que gostaríamos tanto de fazer, que nos sentimos maduros para fazer, mas que, diabolicamente, não se deixa fazer. O gol.

Que adianta escrever mil livros, como simples resultado de aplicação mecânica, mãos batendo máquina de manhã à noite, traseiro posto na almofada, palavras dóceis e resignadas ao uso incolor? O livro único, este não há condições, regras, receitas, códigos, cólicas que o façam existir, e só ele conta – negativamente – em nossa bibliografia. Romancistas que não capturam o romance, poetas de que o poema está se rindo a distância, pensadores que palmilham o batido pensamento alheio, em vão circulam na pista durante 50 anos. O muito papel que sujamos continua alvo, alheio às letras que nele se imprimem, pois aquela não era a combinação de letras que ele exigia de nós. E quantos metros cúbicos de suor, para chegar a esse não resultado!

Então o gol independe de nossa vontade, formação e mestria? Receio que sim. Produto divino, talvez? Mas, se não valem exortações, apelos cabalísticos, bossas mágicas para que ele se manifeste... Se é de Deus, Deus se diverte negando-o aos que imploram, e, distribuindo-o a seu capricho, Deus sabe a quem, às vezes um mau elemento. A obra de arte, em forma de gol ou de texto, casa, pintura, som, dança e outras mais, parece antes coisa-em-ser na natureza, revelada arbitrariamente, quase que à revelia do instrumento humano usado para a revelação. Se a obrigação é aprender, por que todos que aprendem não a realizam? Por que só este ou aquele chega a realizá-la? Por que não há 11 Pelés em cada time? Ou 10, para dar uma chance ao time adversário?

O Rei chega ao milésimo gol (sem pressa, até se permitindo o *charme* de retificar para menos a contagem) por uma fatalidade à margem do seu saber técnico e artístico. Na realidade, está lavrando sempre o mesmo tento perfeito, pois outros tentos menos apurados não são de sua competência. Sabe apenas fazer o máximo, e quando deixa de destacar-se no campo é porque até ele tem instantes de não-Pelé, como os não-Pelés que somos todos.

O mundo é feito de consumidores, servido por alguns criadores. O desequilíbrio é dramático, e só não determina a frustração universal porque não nos damos conta de nossa impotência criadora, e até nos iludimos, atribuindo-nos uma potência imaginária. Ainda por absurdo desajuste, a criação, em muitas áreas, nem sequer é absorvida pelos consumidores em carência. Muitos seres não sabem consumir, vegetando em estado de privação inconsciente. Para o consumo, sim, é necessário aprendizado. Mas os milhões de analfabetos, subnutridos e marginalizados, dos mundos ocidental e oriental, não desconfiam sequer de que há alimentos fascinantes para fomes não pressentidas.

Afortunadamente, no caso do Pelé, a comida de arte que ele oferece atinge o paladar de todos. O futebol é desses raros exemplos de arte corporal e mental que promovem a felicidade unânime, embora dividindo a massa, pois a fusão íntima se opera em torno da beleza do gesto, venha de que corpo vier.

Os mil gols de Pelé são um só, multiplicado e sempre novo, único em sua exemplaridade. Não sei se devemos exaltar Pelé por haver conseguido tanto, ou se nosso louvor deve antes ser dirigido ao gol em si, que se deixou fazer por Pelé, recusando-se a tantos outros. Ou ao gênio do gol, que se encarnou em Pelé, por uma dessas misteriosas escolhas que a genética ainda não soube explicar, pois a ciência, felizmente, ainda não explicou tudo neste mundo.

## DEZEMBRO, ISTO É, O FIM

De fato, quem suportaria mais de 12 meses no calendário? Dez chegam de sobra. Para enfrentar novembro, já foi necessário suar a camisa, inventar dois feriados, reabrir o Congresso, antecipar as férias dos meninos e despachá-los correndo para Araruama, exigir de Pelé um milésimo gol que ele gostaria de ir adiando como promessa de felicidade. Foi necessário trocar algumas feras do Saldanha, dar novo passeio à Lua para verificar que lá não tem mesmo nada (quem sabe se na milésima vez se encontrará um chaveiro de prata, uma ponta de cigarro, um *souvenir sexy*, a ser exibido como prova de que valeu a pena chegar àqueles páramos).

## DESPEDIDA

Pelé despede-se em julho da Seleção Brasileira. Decidiu, está decidido. Querem que ele continue, mas sua educação esportiva se dilata em educação moral, e Pelé dá muito apreço à sua palavra. Se atender aos apelos, ficará bem com todo o mundo e mal consigo. Pelé não quer brigar com Pelé. Não abandonará de todo o futebol, pois continuará jogando pelo seu clube. Não vejo contradição nisto. Faz como um grande proprietário de terras, que trocasse a fazenda pela miniatura de um sítio: continua a ter águas, plantas, criação, a mesma luminosidade das horas – menos a imensidão, que acaba cansando. Ou como o leitor de muitos livros, que passasse a ler um só que contém o resumo de tudo. Pelé quer cultivar sua vida a seu gosto, ele que a vivia tanto ao gosto dos outros. Sua municipalização voluntária me encanta. Não é só pelo ato de sabedoria, que é sair antes que exijam a nossa saída. Uma atitude destas indica mais cautela do que desprendimento. É pelo ato de escolha – de escolher o mais simples, envolvendo renúncia e gentileza. As massas brasileiras e internacionais não poderão chamá-lo de ingrato, pois continuarão a vê-lo, aqui e no estrangeiro, em seu jogo de astúcia e arte. Mas ele passará a jogar como particular, um famoso incógnito, que não aspira às glórias de um quarto campeonato mundial. E com isso, dará lugar a outro, ou a outros, que por mais que caprichassem ficavam sempre um tanto encobertos pela sombra de Pelé – a sombra de que espontaneamente se desfaz. Bela jogada, a sua: a de não jogar como campeão, sendo campeoníssimo.

\*\*\*

"Estou comovido. Entre tantas coisas que dizem a meu respeito, generosas ou menos boas, suas palavras tiveram a rara virtude de se lembrarem do homem, da pessoa humana que quero ser, demonstrando compreensão e carinho por essa condição fundamental. Recortei sua crônica, não porque fala de mim, mas porque traduz, no primor de seu estilo, um apoio que me incentiva e me conforta."

Que é isso, Pelé? A gente é que curte um bruto estímulo, por existir diante de um brasileiro como você.

## BOLSA DE ILUSÕES

— As coisas sem importância passaram a ter a maior importância no mundo de hoje, e as importantes perderam o sentido. Domingo, meteram uma coroa na cabeça de Pelé, porque ele, sem sombra de dúvida, é o maior jogador de futebol do mundo. Queriam vê-lo fantasiado de rei. Todo mundo delirou, vendo um rei dando a volta olímpica, e isto foi da maior importância. O importante, que é o futebol dele, ficou esquecido. Nós não pedíamos tanto. Ficaríamos satisfeitos com uma coroinha fácil: o nosso dia.

## LETRAS LOUVANDO PELÉ

Pelé, pelota, peleja. Bola, bolão, balaço. Pelé sai dando balõezinhos. Vai, vira, voa, vara, quem viu, quem previu? GGGGGoooollll.

Menino com três corações batendo nele, mina de ouro mineira. Garoto pobre sem saber que era tão rico. Riqueza de todos, a todos doada, na ponta do pé, na junta do joelho, na porta do peito.

E dança. Bailado de ar, bola beijada, beleza. A boa bola bólide, brasil-brincando. A trave não trava, trevo de quatro, de quantas pétalas, em quantas provas, que não se contam? Mil e muitas. Mundo.

O gol de letra, de lustre, de louro. O gol de placa, implacável. O gol sem fim, nascendo natural, do nada, do nunca; se fazendo fácil na trama difícil, flóreo. Feliz. Fábula.

Na árvore de gols Pelé colhe mais um, romã rótula. No prato de gols papa mais um, receita rara. E não perde a fome? E não periga a força? E não pesa a fama?

Ama.

Ama a bola, que o ama, de mordente amor. Os dois combinam, mimam-se, ameigam-se, amigam-se. "Vem comigo", e entram juntos na meta. Quem levou quem? Onde um termina e a outra começa, mistura fina?

Saci-pererê, saci-pelelê, só pelê, Pelé, na pelada infantil. Assim se forma um nome, curto, forte, aberto. Saci com duas pernas pulando por quatro? Nunca vi. Nem eu. Mas vi. Saci corta o ar em fatias diáfanas, corta os atacantes, os defensores, saci-bola, tatu-bola, roaz, reto, resplandece.

156

A arte que se tira do corpo, as belas-artes do movimento, do ritmo. Músculos, nervos, tecidos, domados, acionados. Reflexos em flor, florindo sempre. Escultura que a todo instante se modela e desfaz e refaz, diferente, fluida. Pelé, escultor de si mesmo. A esmo. Errante. Constante. Presente. Presciente. Próvido.

O sonho de todas as crianças a envolvê-lo. O sonho a continuar nos adultos, novelo, desvelo. Não é do Santos, é de todos os santos e pecadores. Sua foto leal, seu jeito legal. Um que sabe e não é prosa: a maior proeza.

Não quer tomar pileques de glória, vai para sua casa, seu povinho, seu que-fazer. Deu tanta alegria que também precisa viver a sua. Chamada paz. Não pode? Pode. Não deve? Claro que deve. E nós lhe devendo tanto, ainda iríamos lhe cobrar mais uns quantos?

Mas leva a bola consigo, sem camisa amarela; só ela. Vai jogar em família, com seu clube, sua paz, seu número dez.

A bola não fica triste, a bola alegre resiste. Vai conversando com ele: Agora estamos mais livres? Vamos viver mais pra nós? A bola indaga; tem voz.

Pois é, responde Pelé. O nome rima no ar. Nome fácil de guardar. De dizer. Os sons se cruzam, se abraçam: Pelé no Maracanã.

O imenso coro ressoa. Pe-lé. Pe-lé. Pe-lé.

Até

amanhã.

Não é adeus, é até

logo, Pelé, até.

No Maraca, na esperança, no mundo, o nome, a lembrança, a presença de Pelé.

## NOMES
### (Sem registro civil)

Gasolina — Pelé, que também se chama Edson Arantes do Nascimento, ao entrar para o Santos F. C., que não gostava que o chamassem desse jeito, por se parecer com o artista Antônio Monte de Sousa, detentor do apelido.

\* \* \*

Mamãe Dolores — Os campeões brasileiros de futebol, em 1970, identificavam o companheiro Pelé com essa personagem, então popularíssima, de novela de TV.

# GARRINCHA, O ENCANTADOR

*As alegrias, no Maracanã,*
*que um Garrincha, a brincar, dá a seu fã!*

## NA ESTRADA

O moço de coração simples estava à beira da estrada, vendo passarinho voar. Passou o destino, bateu-lhe no ombro e disse:

— Vai brincar.

— Eu estou brincando – respondeu o rapaz.

— Vai brincar com os pés e com as pernas, pois para isso nasceste.

O jovem foi para a cidade e pediu que o deixassem ficar em companhia de outros, num lugar onde se brincava de movimento.

— Nunca poderás brincar direito – observaram os entendidos, examinando-lhe o corpo. — Tens pernas arqueadas. Pernas arqueadas são grande empecilho na vida.

E mandaram-no embora. Foi a outros lugares, ouviu a mesma resposta. Um dia, sem reparar em suas pernas, deixaram-no ficar e brincar.

Brincou melhor do que todos os que tinham pernas clássicas. Seu brinquedo mágico, dentro do brinquedo comum, dava a quem o via uma felicidade intensa.

— Ninguém na terra brinca melhor do que este – disse a voz pública, maravilhada.

Os entendidos não explicavam por quê. Ninguém explicava. Poetas celebraram-no.

— Conta, conta – pediam-lhe em toda parte. — Por que és maravilhoso?

Sua cabeça, como seu coração, era simples. Ele não tinha que responder, senão brincar mais e melhor ainda.

*161*

Foi levado para outros países, e assombrava os povos pelo mistério das pernas cambotas, que sabiam bailar e enganar, enganar e bailar.

A glória o perturbará, profetizavam alguns. Com a glória perderá a inocência.

A glória não o perturbou; era simples o menino grande, brincando mais engraçado que os outros, e nisso se comprazia.

Com a fama, ganhou montes de dinheiro. O dinheiro o perturbará, sentenciaram outros. Entretanto não querendo preocupar-se passou--o a quem sabe guardá-lo e multiplicá-lo, e, fugindo aos prazeres da dissipação e da soberba, reservou-se o prazer do brinquedo.

Aí veio o amor, e disse:

— Eu venço este homem.

Fê-lo escutar uma canção, tornou-o inquieto. O rapaz começou a viajar de um lugar para outro, a esconder-se dos companheiros e de si mesmo, a falar muito e com acidez. Reclamava atenções e mais dinheiro, sempre mais, alegando que merecia. E ameaçava.

Ele tem razão, afirmavam uns. Não tem razão, proclamavam outros. Já não é o mesmo, queixava-se esta; ouviu o canto da sereia. Aquela replicava: Ele precisa é de amizade.

Chamaram-no de mentiroso, de ingrato e de vítima. Dois grandes partidos se formaram em torno, incentivando-o, enxovalhando-o. Sua intimidade foi fotografada como objeto público. E ele parou de brincar. A felicidade que distribuía a todos está suspensa. Enquanto isso, à beira da estrada, ele espera que o destino passe de novo, pouse a mão em seu ombro e lhe diga o que será de sua vida. É preciso que ouça outra vez:

— Vai brincar, pois para isso nasceste.

# O MAINÁ

*"Tuércele el cuello al cisne."* Quem torceu o pescoço ao mainá de Garrincha certamente nunca leu o famoso soneto de Enrique González Martínez, que manda sacrificar o cisne de plumagem enganadora e reverenciar o mocho, sábio intérprete do silêncio noturno – tudo isso em termos de manifesto estético. Não leu, mas foi ao mainá e cassou-lhe a palavra para sempre – ao mainá que falava tanto e era uma alegria entre as tristezas profissionais e morais de Garrincha.

Quem foi o autor desse ato não sabemos, e a mim não interessa identificar fulano ou fulana. O que sabemos é que inúmeras pessoas poderiam tê-lo cometido. Haverá dezenas de milhares de assassinos em potencial do mainá, e não serão assassinos por vocação ou impulsão; podem até ser ótimas praças, mas cederiam à força de um pensamento mágico, que sempre paira entre o céu e os seres.

Desde o momento em que se correlacionam a proximidade da ave com perturbações na arte futebolística de Garrincha, a ideia de eliminar o mainá assumiu um caráter liberatório. Matar o mainá era evitar a morte de Garrincha – a morte esportiva, de joelho artrosado, de joelho frouxo, sem graça lúdica.

O bom torcedor – e esta palavra já contém um princípio de estrangulamento – não recuaria diante de um holocausto que lhe é sugerido tanto pela Bíblia como pela mentalidade primitiva subjacente no civilizado de hoje. Se Abraão não hesita em imolar o próprio filho, só para satisfazer um capricho da perversidade divina, e, dispensado de consumar o sacrifício, ainda assim atira um carneiro ao fogo para não ficar de mãos inúteis, por que poupar a vida de uma ave se a sua eliminação conjura poderes maléficos que se encarniçam contra o mais simpático, o mais desarmado, o menos reflexivo dos campeões brasileiros?

É mesmo o ato de Abraão às avessas: a morte em defesa do filho, pois a essa altura todos veem em Garrincha o filho geral, a criança mimada que faz besteiras e que cumpre defender de unhas e dentes, tanto mais generosamente quanto ele é o filho pródigo da Escritura. Outros fundamentos do atentado estão em Frazer, que chega a anotar, em povos situados nas etapas sociais da caça, do pastoreio e da agricultura, o costume de matar o próprio deus, se daí resulta benefício para a comunidade. No caso, o benefício é colossal, pois com a recuperação de Garrincha se salva aquilo que o filme de Joaquim Pedro de Andrade chamou inspiradamente de alegria do povo.

O que fica dito parece demonstrar que aprovo a morte cruel do mainá. Não aprovo coisa nenhuma, e a vida de um mainá me parece tão importante quanto a boa forma de Garrincha. Nada posso, entretanto, contra a mentalidade mágica, e não sei se neste momento, na Índia, uma partícula da alma universal não se deslocou misteriosamente, tangida pela morte do mainá, e quem pode prever as repercussões disso em um caso tão complicado?

## O OUTRO LADO DOS NOMES

João Brandão passou a interessar-se pelo segundo significado dos nomes próprios. Mania como outra qualquer. A dele começou quando um amigo lhe disse que, no fundo, ele não passa de um jogador a quem se dribla facilmente.

— Como assim?

— Pega o dicionário e vê.

Foi ao *Aurélio* e lá verificou que, de fato, João não é só o "agraciado por Deus", o "pio" e "misericordioso" que são atestados no *Dicionário etimológico*, de Nascentes. Pode ser também o jogador ingênuo, que em vão tenta conquistar a bola do adversário mais esperto, capaz de enganá-lo negaceando com o corpo. Parece que foi Mané Garrincha o lançador do termo: o joão, aparecendo no seu caminho, era objeto de riso dos torcedores.

## MANÉ E O SONHO

A necessidade brasileira de esquecer os problemas agudos do país, difíceis de encarar, ou pelo menos de suavizá-los com uma cota de despreocupação e alegria, fez com que o futebol se tornasse a felicidade do povo. Pobres e ricos param de pensar para se encantar com ele. E os grandes jogadores convertem-se numa espécie de irmãos da gente, que detestamos ou amamos na medida em que nos frustram ou nos proporcionam o prazer de um espetáculo de 90 minutos, prolongado indefinidamente nas conversas e mesmo na solidão da lembrança.

Mané Garrincha foi um desses ídolos providenciais com que o acaso veio ao encontro das massas populares e até dos figurões responsáveis periódicos pela sorte do Brasil, ofertando-lhes o jogador que contrariava todos os princípios sacramentais do jogo, e que no entanto alcançava os mais deliciosos resultados. Não seria mesmo uma indicação de que o país, despreparado para o destino glorioso que ambicionamos, também conseguiria vencer suas limitações e deficiências e chegar ao ponto de grandeza que nos daria individualmente o maior orgulho, pela extinção de antigos complexos nacionais? Interrogação que certamente não aflorava ao nível da consciência, mas que podia muito bem instalar-se no subterrâneo do espírito de cada patrício inquieto e insatisfeito consigo mesmo, e mais ainda com o geral da vida.

Garrincha, em sua irresponsabilidade amável, poderia, quem sabe?, fornecer-nos a chave de um segredo de que era possuidor e que ele mesmo não decifrava, inocente que era da origem do poder mágico e de seus músculos e pés. Divertido, espontâneo, inconse-quente, com uma inocência que não excluía espertezas instintivas de Macunaíma – nenhum modelo seria mais adequado do que esse, para seduzir um povo que, olhando em redor, não encontrava os sérios heróis, os santos miraculosos de que necessita no dia a dia. A identificação da sociedade com ele fazia-se naturalmente. Garrincha não pedia nada a seus admiradores; não lhes exigia sacrifícios ou esforços mentais para admirá-lo e segui-lo, pois de resto não queria que ninguém o seguisse. Carregava nas costas um peso alegre, dis-pensando-nos de fazer o mesmo. Sua ambição ou projeto de vida (se é que, em matéria de Garrincha, se pode falar em projeto) consistia no papo de botequim, nos prazeres da cama, de que resultasse o prazer de novos filhos, no descompromisso, afinal, com os valores burgueses da vida.

Não sou dos que acusam dirigentes do esporte, clubes, autorida-des civis e torcedores em geral de ingratidão para com Garrincha. Na própria essência do futebol profissional se instalam a ingratidão e a injustiça. O jogador só vale enquanto joga, e se jogar o fino. Não lhe perdoam a hora sem inspiração, a traiçoeira indecisão de um segundo, a influência de problemas pessoais sobre o compor-tamento na partida. É pago para deslumbrar a arquibancada e a cadeira importante, para nos desanuviar a alma, para nos consolar dos nossos malogros, para encobrir as amarguras da Nação. Ele julga que entrou em campo a fim de defender o seu sustento, mas seu negócio principal será defender milhões de angustiados presentes e ausentes contra seus fantasmas particulares ou coletivos. Garrincha foi um entre muitos desses infelizes, dos quais só se salva um ou outro predestinado, de estrela na testa, como Pelé.

A simpatia nacional envolveu Mané em todos os lances de sua vida, por mais desajustada que fosse, e isso já é alguma coisa que nos livra de ter remorso pelo seu final triste. A criança grande que ele não deixou de ser foi vitimada pelo germe de autodestruição que trazia consigo: faltavam-lhe defesas psicológicas que acudissem ao apelo de amigos e fãs. Garrincha, o encantador, era folha ao vento. Resta a maravilhosa lembrança de suas incríveis habilidades, que farão sempre sorrir a quem as recordar. Basta ver um filme dos jogos que ele disputou: sente-se logo como o corpo humano pode ser instrumento das mais graciosas criações no espaço, rápidas como o relâmpago e duradouras na memória. Quem viu Garrincha atuar não pode levar a sério teorias científicas que reveem a parábola inevitável de uma bola e asseguram a vitória – que não acontece.

Se há um deus que regula o futebol, esse deus é sobretudo irônico e farsante, e Garrincha foi um de seus delegados incumbidos de zombar de tudo e de todos, nos estádios. Mas como é também um deus cruel, tirou do estonteante Garrincha a faculdade de perceber sua condição de agente divino. Foi um pobre e pequeno mortal que ajudou um país inteiro a sublimar suas tristezas. O pior é que as tristezas voltam, e não há outro Garrincha disponível. Precisa-se de um novo, que nos alimente o sonho.

# ESSE OUTRO GOL DO BRASIL

*O escritor brasileiro deu uma de Pelé.*

## A JOÃO CONDÉ

João, terrível arquivista
e torcedor sem estigma:
Tens faro de charadista?
Decifra este claro enigma.

## CRAQUE

Segundo *half-time*.
Declina a tarde sobre o *match*
indefinido.
O Instituto Fundamental envolve o adversário.
A taça já é sua, questão de minutos.
Mas Abgar, certeiro, irrompe
de cabeçada,
conquista o triunfo para o deprimido
*team* confuso do Colégio Arnaldo.
Olha aí o Instituto siderado!

Despe Abgar o atlético uniforme,
simples recolhe-se ao salão de estudo
para burilar um dolorido
soneto quinhentista:
*Em vão apuro minha fortitude,*
*Senhora, por vencer o meu amor...*

# TELEFONE CEARENSE

E parolamos no coloquial mais afetuoso, sobre todas as coisas no tempo e fora dele – a facilidade com que a CBD joga fora o trabalho de mais de um ano de esforços e tentativas para fazer um selecionado, a disposição singela e tocante de Zagallo, para o sacrifício, uma bomba aqui, um sequestro ali, a nova maneira de se escolherem governadores, a última *bossa* de Cardin ou Givenchy, o último livro de Álvaro Pacheco, *A força humana*, que mostra o autor em plena força poética ... E o que não é propriamente assunto, e enriquece tanto a conversa de amigos: aquilo que surge no deslizar da palavra, emoção ou sensação revivida, ideias que nos acodem no momento, caminhos imprevisíveis do diálogo, jeito de falar consigo mesmo falando ao outro, que é nosso espelho. Beleza de *papo* telefônico mental, que nem seria possível converter em *papo* telefônico propriamente dito. Pois no dia em que, por insondáveis razões, só dele sabidas, o telefone consente em ligar, liga sempre para número errado, ou mete uma terceira pessoa na linha, estabelecendo o congresso de surdos. Ao passo que, no meu processo, jamais há ligação errada.

## HELENA, DE DIAMANTINA

Na segunda-feira tão feliz, com o povo se refazendo das emoções da véspera a fim de melhor desencadear as alegrias da chegada de seus atletas exemplares (ai Copa do Mundo, tão linda e limpamente ganha, que até pareces sonho mas és realidade de se pegar e beijar), morreu Helena Morley. Pouca gente ficou sabendo da notícia. Senti que morresse no intervalo de duas festas nacionais. Merecia experimentar as alegrias completas que a vitória está oferecendo a nós todos. Não adianta ponderar que Helena estava para completar 90 anos, e que nessa altura a vida é mais um cochilo do que um favor da sorte, ou um direito humano. Para mim, tinha apenas 13, 14 anos – a idade em que escreveu este livro universal, chamado *Minha vida de menina*.

# DECLARAÇÃO DE ESCRITORES

Até que enfim, escritores brasileiros decidem jogar em equipe, no bom sistema de um por todos e todos por um, que provou bem no México e, aplicado à espécie, também levará a gol. Tenho diante de mim a declaração conjunta que passo a transcrever depois de subscrevê-la por minha vez:

"Os autores abaixo assinados, em face do disposto no Art. 153, § 25, da Constituição, e tendo em vista os termos do Acórdão de 16 de junho de 1969, do Tribunal de Alçada do Estado da Guanabara, na Apelação nº 13 430, tornam público, para resguardo de seus direitos, que a partir desta data não permitirão sejam reproduzidos por outrem, em livros ou periódicos, ou qualquer outra forma de divulgação, textos de sua autoria, sem expressa autorização prévia. Esta advertência refere-se tanto a novas obras como a reedições, inclusive de antologias e livros didáticos."

## O LATIM ESTÁ VIVO

Diante dos delegados de diferentes países, e de suas respectivas bandeiras, os meninos bateram palmas. As mais calorosas foram para o México. É fácil compreender, depois do Campeonato Mundial de Futebol. O representante mexicano não se envaideceu com isso: não era a sua ciência de Cícero e Ovídio, mas a imagem de uma bola e de um gramado, que despertava entusiasmo. Contudo, foram as velhas letras latinas que permitiram, na ocasião, o desabrochar desse entusiasmo, e alguma coisa deve perdurar no espírito da garotada: até para exaltar o futebol, o Latim é legal.

Latim ajuda muito. Como o Colóquio é também de Direito Romano, andei folheando o *Dicionário de brocardos jurídicos*, de Dirceu Rodrigues, e lá encontrei algumas excelentes máximas esportivas, que traduzo livremente para Português do Maracanã: *"Cave ne cadas"* ("Cuidado: se você cair, o bicho pega"). *"Intrasti urbem ambula juxta ritum ejus"* ("Nada de jogo pessoal; o negócio é integração na patota"). *"Lex non cogit ad impossibilia"* ("Nenhum goleiro é obrigado a defender chute de Pelé"). *"Nemo tenetur spectare donec percutietur"* ("Antes que ele dê uma traulitada, dá uma traulitada nele"). *"Venter enim moram non patitur, sed subsidium desiderat"* ("Anda depressa, Cruzeiro: Tostão precisa encher o papo"). Estudem Latim, senhores cartolas, técnicos e jogadores. Ele está vivo. Muito.

## GOL NA ACADEMIA

Vez por outra, gosto de bulir com a Academia Brasileira de Letras, seus formalismos ingênuos, seu culto egípcio da sarcofagia, sua ranhetice misógina, sua taxa mínima de produtividade como empresa cultural. Hoje tenho de bater-lhe palmas e exclamar: Oba! Com o entusiasmo de torcedor de futebol que assiste à explosão de um belo gol – não importa de que time, pode ser até do time adversário, mas um gol de qualidade é um gol de qualidade. A Academia elegeu Antônio Houaiss, o excelente, o sábio e simples homem de bem, que todos nós respeitamos como fonte inesgotável de conhecimento criticamente assimilado e redistribuído em obras de alta benemerência cultural. A Academia adquiriu um tesouro. Que saiba explorá-lo em benefício próprio e das letras. Houaiss é homem de prodígios mansos. Se o deixarem agir, dará à Academia uma utilidade que ela devia ter, mas que costuma esquecer-se de pôr em prática. Ao lado desta operação de enriquecimento patrimonial (ter um Houaiss à mão é ter barras de ouro de ideias e noções), há na eleição da semana passada outro aspecto que muito me apraz: o de render testemunho público de respeito e carinho a uma das maiores figuras intelectuais do país, e também das mais injustiçadas. Sirva o *beau geste* de prelúdio a outras reparações ditadas pela consciência e pelo bom senso.

## BATE-PALMAS

E ninguém se mexe, ninguém pega no ganzá e celebra esse outro gol do Brasil que é o Prêmio Internacional de Poesia Etna-Taormina, conferido a Murilo Mendes?

Uma sobra dos aplausos distribuídos a Pelé, a Mequinho, às seleções esportivas brasileiras que levantam campeonatos no estrangeiro, devia ficar de reserva, para casos como este, em que também um poeta (ou até um poeta!) alcança para seu país a notoriedade internacional em termos positivos. É hora de tremular bandeiras, minha gente; de buzinar, badalar, clarinar, tirar o chope mais geladinho, entoar o *jingle*, a canção báquica em louvor do juiz-forano esguio e ilustre cuja poesia sensibilizou juízes európicos cheios de nove-horas, de sutilezas críticas, de critérios mais que abstratos, levando-os a reconhecer nestes brasis ainda tão pouco sabidos, apesar de Santos Dumont, Villa-Lobos, Portinari, Jorge Amado, Niemeyer, uma capacidade de invenção poética digna de emparelhar com a de um Dylan Thomas, um Supervieille, um Jorge Guillén, um Quasímodo ou Ungaretti, distinguidos antes pelo Etna-Taormina.

## REBELO: SARCASMO E TERNURA

Seu clube não conquistava jamais o campeonato? Ficava querendo mais ao seu clube. Cultivava o prazer da fidelidade na derrota.

## NOMES
### (Sem registro civil)

Flamengo (O) — Gastão Cruls, o romancista e historiador do Rio de Janeiro. Assim o chamava Gilberto Amado. Não que fosse torcedor do clube carioca, mas pela origem belga, patente no tipo físico.

## DE VÁRIO ASSUNTO

Ao contrário do que dissemos, o escritor Cristiano Martins não torcia pelo Atlético. Torcia pelo América de Belo Horizonte. Assistia aos jogos ao lado do poeta Emílio Moura, atleticano fiel, que o supunha companheiro de devoção. Cristiano era tão calado que torcia para dentro.

# CELO

A medalha de ouro conferida ao violoncelista pernambucano Antônio Meneses no Concurso Internacional Tchaikovsky, em Moscou, trouxe um som acalentador ao concerto de vozes tristes que lamentam a derrota esportiva na Espanha. O celo tem uma sonoridade tão rica e envolvente que faz esquecer o resto. Ou devia fazer.

Antônio, simples de nome e vigoroso de música, deu-nos motivo para sorrir e agradecer à vida a perenidade da arte.

Agora que ele venceu mais um concurso internacional (o anterior foi o de Munique) já é tempo de as gravadoras brasileiras pensarem em lançar um LP seu, quem sabe? Se eu posso ouvir em casa um concerto de Brahms com Heinrich Schiff no celo, em disco Philips prensado pela Polygram na Estrada do Itapicuru, no Alto da Boa Vista, por que não me dão essa mesma sonata com o Antônio Meneses no lugar do Schiff? Mandem vir o homem de Stuttgart, onde ele mora há oito anos, ou encomendem a uma gravadora europeia um LP com o nosso excelente patrício. Será outra maneira de ouvir o canarinho alegre.

## GOMIDE

"Confie em Deus mas procure saber do que se trata." A máxima se encontra entre os dizeres de um certo cartão de visita onde também se lê: "Psicoproblemática do tempo-estético – Simbologia da ordem & progresso – Momentos machos e catas fêmeas – Pentapentagtama divino." Não reproduzi todas as inscrições. Porque o cartão (de professor) se diversificou em vários, que introduziam novos elementos de frase.

Era o cartão excêntrico de um poeta, grande e quase desconhecido poeta, falecido na semana passada: Paulo Gomide. Editou inúmeras publicações, distribuídas entre amigos, e um só verdadeiro livro, *Flamengo*, em 1956, com a inscrição na faixa: "Flamengo é o maior." Blefe para quem, atraído pela apresentação rubro-negra do volume, espere encontrar nele a apologia do clube famoso. Gomide canta o bairro onde morou muito tempo e do qual não queria se desprender. Passando a morar na Urca, foi como se o mundo desabasse para ele; teve de brigar consigo mesmo para criar outro. Pouco a pouco, foi deixando a poesia como a praticava antes, em versos modernos de cadência firme e fortes efeitos sônicos, para se consagrar a um tipo de meditação poético-filosófico-transcendental, que quantas vezes me forçou a dizer-lhe: "Paulo, esta eu não peguei."

*183*

## FUTEBOL

Para Monteiro Lobato, o futebol foi "um sarampo da juventude", que lhe inspirou um artigo de jornal em 1905. O artigo lhe valeu um estudo no livro *Futebol e cultura*, publicado este ano, ainda pelo Governo Maluf, e onde se lê, como "significado interno do texto":

"O entendimento do discurso futebolístico lobatiano requer uma análise multifacetada do texto, fato que permite um esclarecimento lógico-conclusivo: o reposicionamento do grupo dirigente paulista frente à problemática da transformação do país."

Aprendam.

# UM PUNHADO DE NOTÍCIAS

*Mas viva, sobretudo, o futebol.*

Amanhã, irá ao penúltimo jogo do campeonato (Brasil-Espanha) e nós mesmos nos sentimos inclinados a assistir a essa competição empolgante, de que toda gente fala. Dizem que quando o gol do Brasil está ameaçado, a multidão de 170 mil pessoas se mantém num silêncio religioso, movendo só os olhos, para depois explodir em gritos e cantos quando tomamos a ofensiva e vazamos o arco adversário. O estádio, que é horrendo por fora e bonito por dentro, apresenta em grandes dias um espetáculo belíssimo. E o governo mudou o horário do expediente nas repartições, para que o trabalho não atrapalhe o esporte, que tem preferência.

Carta a Maria Julieta, Rio de Janeiro, 12 jul. 1950.

\* \* \*

Filhinha amada, não foi possível aproveitar a manhã para fazer esta carta. Levantei-me às 10, por causa do frio, e às 11 o rádio começou a matraquear o jogo na Suécia... Os primeiros cinco minutos foram de sofrimento: gol sueco. Mas o nosso tento afinal apareceu na ponta do pé de Vavá, e foi um estrondar de fogos na vizinhança que v. não calcula. E assim continuou até a vitória final por 5 x 2, com gol brasileiro feito na horinha de terminar a partida, para coroação. Do alto dos edifícios, inclusive do nosso modesto Cyro, todo mundo jogava pedacinhos de papel no ar e estourava bombas. Era uma alegria desejada há 28 anos, que explodia. E foi uma vitória bonita, limpa, no fim de uma campanha toda ela decente. Bem, isso tomou o resto do dia, e só agora à noite é que posso te mandar estas letras.

Carta a Maria Julieta, Rio de Janeiro, 29 jun. 1958.

\* \* \*

Hoje não vamos sair de casa, para acompanhar pelo rádio o jogo Brasil-Tchecoslováquia, que está emocionando toda gente. Você acompanhou as partidas da Copa do Mundo? O Garrincha é um espetáculo, e se passar na televisão um filme de jogo em que ele aparece, não deixe de reparar na graça e novidade dos seus movimentos.

Carta a Carlos Manuel, Rio de Janeiro, 17 jun. 1962.

\* \* \*

Em compensação, meu caro, Pelé e Garrincha estão jogando o fino, como você já deve ter sabido pelas notícias do jogo Brasil-Bélgica, 5 x 0. Hoje teremos o Brasil-Alemanha, e não posso prever o resultado, mas aqueles dois cobras estão numa fase tão inspirada que certamente não nos envergonharão (o Pelé aí em B. A. não fez lá muita coisa, não é?).

Carta a Carlos Manuel, Rio de Janeiro, 6 jun. 1965.

\* \* \*

Você me pergunta pelo futebol brasileiro, e as informações que eu lhe der já serão do seu conhecimento pelo noticiário de *La Nación* e *La Razón*. Como você deve estar acompanhando, nosso selecionado, depois de vencer a Bélgica e a Alemanha, e empatado com a Argentina, ganhou na Argélia um primeiro jogo e não pode disputar o segundo porque estourou lá uma revolução e depôs o presidente Ben Bella, atrapalhando tudo. Foi melhor assim, pois o campo de Argel é como o de Oran, uma calamidade: de terra batida e com cascalho por cima, sem alambrado. Nossos jogadores não se empenharam a fundo nesse primeiro e único jogo, e a experiência não valeu como preparação para os *matches* da Copa do Mundo de 1966, pois em nenhum eles serão disputados em campos dessa natureza, e além do mais o pessoal argeliano é fraco na bola. O que parece ter sido útil para nós foi o estilo argentino de ferrolho, que provavelmente será adotado por todo mundo na Copa de 66, de sorte que vai ser difícil praticar o jogo bonito que gostamos de mostrar. Mas sempre se dará um jeito para tornar divertido o espetáculo, quando Pelé e Garrincha estiverem no campo. Mandarei a você, de vez em quando, alguns recortes de jornais, contando as novidades esportivas.

*

Parabéns pelo aproveitamento no colégio, e viva o Boca! ( Já está caminhando para o 1º lugar na classificação? Assim o espero.) O abraço carinhoso e as saudades do
Carlos

Carta a Luis Mauricio, Rio de Janeiro, 20 jun. 1965.

\* \* \*

Estou lhe escrevendo sob a agradável impressão da estreia da Seleção Brasileira na Copa do Mundo. O primeiro gol do campeonato foi feito por mestre Pelé, como você deve ter sabido, e a vitória obtida, modesta mas confortadora, permite esperanças de uma atuação eficiente nas outras partidas. Isto se as outras seleções não aleijarem nosso pessoal, pois parece que a ordem é baixar o sarrafo. Esportivamente, desejo boa sorte à Seleção Argentina (nesta manhã em que escrevo não se realizou ainda o encontro com a Espanha).

Carta a Carlos Manuel, Rio de Janeiro, 13 jul. 1966.

\* \* \*

Foi uma grande alegria ter esse punhado de notícias, depois de tantos dias sem saber afinal como vocês tinham passado na fase de mudança de governo. Embora soubéssemos que tudo fora tranquilo, a gente queria a confirmação escrita de que os Grañas foram poupados de qualquer chateação e tinham encarado os fatos com a dose máxima de espírito filosófico – o mesmo espírito com que vejo o Brasil se despedir da Copa do Mundo com um futebol muito avacalhado.

Carta a Maria Julieta, Rio de Janeiro, 17 jul. 1966.

\* \* \*

Você me pergunta como é o ambiente aqui depois de nossa derrota na Copa do Mundo, na qual ficamos em um melancólico 11º lugar, tendo apenas na rabada Chile, França, México e Bulgária. Como pode ser, meu caro? Ficamos de rabo entre as pernas, culpando a comissão técnica, o presidente da delegação brasileira, os juízes ingleses, o preparo físico dos europeus que é bom demais, o jogo bruto dos outros (como se nós fôssemos uns santinhos que vão ao estádio para receber flores, dar abraços de camaradagem e trazer a taça como propriedade exclusivamente nossa). Aqui ninguém se entende mais em futebol. Os técnicos voltaram cheios de ideias de reforma de métodos e processo, e o primeiro resultado foi que o meu ex-querido Vasco da Gama acreditou nessa conversa e já entrou pelo cano na disputa da Taça Guanabara: ele levou os jogadores para a praia de Ipanema, onde começaram a correr como coelhos na areia, achando que a bossa agora é correr muito, e... vou-te-contar.

Carta a Carlos Manuel, Rio de Janeiro, 21 ago. 1966.

\* \* \*

Em todo caso, dê meus parabéns a Mauricio pela vitória do Boca sobre o invencível Santos.

Carta a Carlos Manuel, Rio de Janeiro, 26 mai. 1968.

\*\*\*

Hoje é dia da nova "guerra do Paraguai", desta vez só no futebol. No Rio não se fala noutra coisa, como se vencer a partida final para a classificação, em vista da Copa do Mundo, fosse questão de vida ou de morte. Por enquanto, não se pode dizer que o time brasileiro seja mesmo bacana, pois até agora só venceu adversários fracos, mas de qualquer modo nossa linha de ataque tem-se revelado uma coisa muito séria. E eu fico satisfeito, porque a nova glória do futebol brasileiro, o mineiro Tostão, é Andrade – portanto, meu primo, e um pouco de você também.

Carta a Carlos Manuel, Rio de Janeiro, 31 ago. 1969.

\*\*\*

No mais, continuo sendo um vascaíno sofredor, pois o meu clube não ganha nem quando o time está dormindo e pode fazer gol em sonho. E estamos aqui contando os gols de Pelé, à espera do milésimo, que custa a chegar. Faltam só quatro, mas ele não tem pressa de fazê-los, ou então é a linha atacante contrária que não deixa.

Carta a Luis Mauricio, Rio de Janeiro, 2 nov. 1969.

\*\*\*

Oi, ilustre universitário, como vai? Sua carta aos avós brasileiros foi recebida com excepcionais manifestações de regozijo: foguetes, bombas, bandeiras, desfile de carros e samba geral. Uns diziam que era por causa da conquista do tricampeonato mundial de futebol pela nossa Seleção, mas a versão correta ligou as festas ao fato de você ter-se lembrado de escrever a estes velhotes seus amigos. Só uma parte menor teve como motivo a façanha dos jogadores no

México. Vocês acompanharam o campeonato pela televisão? Eu, que normalmente não me interesso por futebol, deixei-me empolgar e, de uísque ao lado, para controlar a emoção, assisti, deslumbrado, aos jogos em que tomaram parte os nossos. Uma beleza de espetáculo, parecido com o balé! Acho que merecemos a vitória, pela regularidade da armação dos nossos jogadores, o espírito de cooperação e disciplina que reinou no meio deles, e sobretudo a falta de "máscara". Todos foram modestos, procuraram dar boa conta do recado, não se desmandaram com a vitória.

Carta a Carlos Manuel, Rio de Janeiro, 28 jun. 1970.

\* \* \*

Este ano estou com uma bruta esperança de ver o meu Vasco campeão carioca. Desde 1958 que não temos esse gostinho. Aqui todo mundo não faz outra coisa senão jogar na Loteria Esportiva (menos eu), que é uma coisa gozada: quanto mais se acerta, menos se ganha, pois o produto é rateado entre os vencedores, que calculam as chances dos diferentes times. Quem costuma ganhar uma fábula é quem aposta nos times mais fracos, pois o futebol é cheio de surpresas, e lá um dia o Campo Grande vence o Flamengo… Em cada rua há uma agência da Loteria, e filas enormes esperam até meia-noite que suas apostas sejam aceitas. As casas comerciais mudam de ramo; deixam de vender mercadorias para atender aos apostadores. Uma loucura coletiva.

Carta a Luis Mauricio, Rio de Janeiro, 13 set. 1970.

\* \* \*

Aqui é o de sempre, com a Copa do Mundo primando sobre qualquer assunto, e interferindo na vida de toda a população. Quando o Brasil joga, fecha tudo, pessoas morrem de enfarte e, se ganhamos, o carnaval sai pra rua. Forma de esquecer as chateações da vida, sublimação de carências outras.

Carta a Maria Julieta, Rio de Janeiro, 29 jun. 1974.

\* \* \*

Ontem a cidade vibrou com a vitória sobre a Argentina, mas ao sairmos à rua, depois do jogo televisionado a cores, não tivemos chance de pegar aqueles flagrantes apoteóticos de 1970, em que tudo era delírio. Apenas me diverti, na Rua Gomes Carneiro, vendo dois velhos misturados aos rapazes, empunhando bandeiras e impondo a parada dos carros, para que todos celebrassem. Um deles tinha a mão enfaixada, e nem por isso desistia de erguer a bandeira com a esquerda. De vez em quando ia ao boteco próximo e tomava umas e outras. Os jovens não ganhavam desses dois em entusiasmo. Agora vamos para a Holanda, e é muito provável que o Brasil fique em 3º ou 4º lugar na decisão da Copa. E vocês aí, de Isabelita, hem? Faço votos por que a vida continue, sem maiores dramas.

Carta a Maria Julieta, Rio de Janeiro, 1º jul. 1974.

\* \* \*

Em futebol, não se acredita muito nas chances da Seleção Brasileira, que até agora não foi escalada. Será que os titulares só serão escolhidos depois de terminada a Copa?...

Carta a Luis Mauricio, Rio de Janeiro, 7 fev. 1978.

\* \* \*

E que me diz da derrota de Cassius Clay? Andava tão sem vivacidade nas últimas lutas e só ganhava por pontos. Parece que desta vez não se reabilita mais. Pelé foi mais esperto, pendurando as chuteiras antes que ficasse completamente avacalhado.

Carta a Luis Mauricio, Rio de Janeiro, 22 fev. 1978.

\* \* \*

Que papelão, que vexame o nosso na Copa, hem? Dá pena é a frustração da gente humilde dos morros e subúrbios, que tem no futebol uma espécie de razão de viver, e nem esta mais lhe é concedida.

Carta a Maria Julieta, Rio de Janeiro, junho de 1978.

\* \* \*

Eis-nos aqui, com a cidade enlouquecida pela Copa do Mundo, como se o simples fato de enfeitar as ruas nos garantisse a vitória. Um festival de inquilinismo invadiu todos os bairros, todos os horários de trabalho foram modificados ou suspensos – uma demência generalizada. E vocês, aí, com problemas seriíssimos, que carnaval ou Copa nenhuma resolverão... O gênero humano é doido.

Carta a Maria Julieta, Rio de Janeiro, 12 jun. 1982.

\* \* \*

Aqui vivemos em plena euforia pelo futebol, como se o futuro do país dependesse dos pés de Zico, Éder e Sócrates. As ruas estão inundadas de flâmulas e faixas verde-amarelas, e até o asfalto foi pintado com as cores dos clubes e os retratos dos jogadores. Uma verdadeira loucura que tem um componente de alienação: procura-se esquecer a inflação torcendo pela vitória na Copa do Mundo. Será que o Maradona vai nos tirar essa alegria?

Carta a Luis Mauricio, Rio de Janeiro, 26 jun. 1982.

\*\*\*

Viva Maradona! Mas viva, sobretudo, o futebol argentino, que demonstrou mais uma vez sua força de conjunto, numa partida que coroou brilhantemente o longo esforço ao longo da Copa do Mundo. Foi uma vitória merecida, que nós aqui em casa acompanhamos reunidos, na maior torcida pela Seleção de vocês, depois que se desvaneceram as esperanças no time brasileiro. E que jogo emocionante o de ontem, hein? Ficamos aflitos quando a Alemanha empatou 2 a 2, mas felizmente Maradona fez aquela jogada genial, criando condições para o gol de Burruchaga selar a decisão final. Parabéns, meu caro!

Carta a Luis Mauricio, Rio de Janeiro, 30 jun. 1986.

# POSFÁCIO
POR EDSON ARANTES DO NASCIMENTO (PELÉ)

Mineiro escrevendo sobre mineiro não é novidade, mas mineiro que usou os pés ao longo de sua carreira profissional ter que usar as mãos para poder se expressar sobre alguém que usou as mãos para colocar os admiradores a seus pés é realmente um fato importante em minha vida, e que muito me orgulha.

Como durante toda a minha carreira enfrentei muitos desafios, não seria esse que iria me preocupar. Afinal, Carlos Drummond de Andrade é daquelas pessoas especiais que Deus coloca em nossas vidas, para transmitir coisas boas e belas, e me sinto um privilegiado em poder escrever sobre um iluminado por Deus.

A bela e pacata Itabira viu nascer há um século aquele que se transformaria em um dos mais amados mestres no uso das letras, palavras, frases e pensamentos notáveis, que embalaram e ainda embalam os corações e mentes de seus milhares de admiradores em todos os cantos da Terra.

Suas obras são autoexplicativas com relação à profundidade de seus pensamentos, o tamanho do seu talento e a ternura do seu coração. E veja que de coração eu entendo; afinal, sou um homem de Três Corações!...

As pessoas nascidas em pequenas cidades, como é o meu caso e o de Drummond, parece que, devido ao enorme contato com a natureza, o relacionamento estreito com parentes e amigos, hábitos e alimentação saudáveis, recebem dos céus uma atenção privilegiada.

Ele soube como ninguém usar a pena de aço, o mesmo aço cuja matéria-prima é oriunda de sua região, para transferir para o papel o que a sua imensa imaginação criava, emocionando e alegrando a vida de seus leitores.

Citar de forma cronológica e classificada a sua obra seria por demais burocrático. Dizer coisas de seu pai, o fazendeiro Carlos, ou de sua mãe, Julieta, do Grupo Escolar, de seu trabalho ainda muito jovem, do seu casamento com Dolores, do nascimento de sua filha Maria Julieta, não é este o momento.

Quero passar o emocional de sua personalidade, pois era aí que morava todo o *glamour* de seu talento, e foi o caminho que o levou à construção de sua obra.

Poeta, jornalista, escritor, cronista, etc., etc., etc. Que mais um homem poderia realizar em sua vida que Drummond não tenha sido capaz, tornando-se em cada um desses itens um notável especialista?

Atacava com palavras muito bem pensadas, defendia com opiniões fortes, mesmo que controversas, driblava os momentos da vida política do País com deliciosos pensamentos, e fazia gols memoráveis em textos de indescritível beleza.

Esta coletânea é a maior prova disso. Desfrute o primor de sua mente brilhante e sinta-se um privilegiado.

Uma preferência sua me emociona em particular: seu amor pelo Vasco da Gama, cuja camisa vesti com muita honra no início de minha carreira (combinado Santos e Vasco), forma pela qual fui revelado e convocado pela primeira vez para a Seleção Brasileira que disputou a Copa Roca de 1957, e depois para a Copa do Mundo de 1958, de que Drummond aqui retrata algumas passagens interessantes.

Esse seu amor pelo esporte, especialmente pelo futebol que é o tema deste livro, fez com que escrevesse inúmeras cartas, crônicas, livros, artigos para jornais, etc., abordando esse assunto já nos idos de 1930.

Durante anos trabalhou no *Jornal do Brasil*, sendo colega de um amigo-irmão meu: Oldemário Touguinhó, que ao longo desses anos todos ainda empresta seu nome a uma respeitável coluna na seção de esportes, e aqui lhe rendo uma singela homenagem.

Você, leitor ou leitora, terá a oportunidade de sentir, nas páginas a seguir, a emoção do futebol através do maravilhoso jogo de palavras de que só Drummond era capaz. A leveza dos textos, a pureza de sua alma e a lógica de seus pensamentos são coisas marcantes, e certamente ficarão gravadas em você para sempre.

Certa vez Drummond me homenageou com palavras que me marcaram muito: "O difícil, o extraordinário, não é fazer mil gols, como Pelé. É fazer um gol como Pelé."

Peço licença aos netos de Drummond, Luis Mauricio e Pedro Augusto, idealizadores desta obra, para poder parafrasear essas palavras do avô: "O difícil, o extraordinário, não é escrever mil textos, como Drummond. É escrever um texto como Drummond."

Que Deus nos envie suas bênçãos. Se puder, por escrito, que recorra a Drummond, pois certamente suas mensagens, além de um bálsamo para o espírito, serão também uma alegria para os corações.

O Edson Arantes do Nascimento agradece à família Drummond ter permitido ao Pelé a oportunidade de escrever estas palavras.

Santos, 28 de março de 2002

# BIBLIOGRAFIA DE
# CARLOS DRUMMOND DE ANDRADE

POESIA:

*Alguma poesia.* Belo Horizonte: Edições Pindorama, 1930.

*Brejo das almas.* Belo Horizonte: Os Amigos do Livro, 1934.

*Sentimento do mundo.* Rio de Janeiro: Pongetti, 1940.

*Poesias.* Rio de Janeiro: José Olympio, 1942. [*Alguma poesia, Brejo das almas, Sentimento do mundo, José.*]*

*A rosa do povo.* Rio de Janeiro: José Olympio, 1945.

*Poesia até agora.* Rio de Janeiro: José Olympio, 1948. [*Alguma poesia, Brejo das almas, Sentimento do mundo, José, A rosa do povo, Novos poemas.*]

*Claro enigma.* Rio de Janeiro: José Olympio, 1951.

*Viola de bolso.* Rio de Janeiro: Serviço de Documentação do MEC, 1952.

*Fazendeiro do ar & Poesia até agora.* Rio de Janeiro: José Olympio, 1954.

*Viola de bolso novamente encordoada.* Rio de Janeiro: José Olympio, 1955.

*50 poemas escolhidos pelo autor.* Rio de Janeiro: Serviço de Documentação do MEC, 1956.

---

* A presente bibliografia de Carlos Drummond de Andrade restringe-se às primeiras edições de seus livros, excetuando obras renomeadas. Nos casos em que os livros não tiveram primeira edição independente, os respectivos títulos aparecem entre colchetes juntamente com os demais a compor a coletânea na qual vieram a público pela primeira vez. [N. do E.]

*Poemas*. Rio de Janeiro: José Olympio, 1959. [*Alguma poesia, Brejo das Almas, Sentimento do mundo, José, A rosa do povo, Novos poemas, Claro enigma, Fazendeiro do ar* e *A vida passada a limpo*.]

*Antologia poética*. Rio de Janeiro: Editora do Autor, 1962.

*Lição de coisas*. Rio de Janeiro: José Olympio, 1962.

*José & outros*. Rio de Janeiro: José Olympio, 1967. [*José, Novos poemas, Fazendeiro do ar, A vida passada a limpo, 4 poemas, Viola de bolso II*.]

*Versiprosa*. Rio de Janeiro: José Olympio, 1967.

*Boitempo & A falta que ama*. [*(In) Memória – Boitempo I*.] Rio de Janeiro: Sabiá, 1968.

*Reunião*: 10 livros de poesia. Introdução de Antonio Houaiss. Rio de Janeiro: José Olympio, 1969. [*Alguma poesia, Brejo das almas, Sentimento do mundo, José, A rosa do povo, Novos poemas, Claro enigma, Fazendeiro do ar, A vida passada a limpo, Lição de coisas* e *4 poemas*.]

*As impurezas do branco*. Rio de Janeiro: José Olympio, 1973.

*Menino antigo (Boitempo II)*. Rio de Janeiro: José Olympio; Brasília: Instituto Nacional do Livro, 1973.

*Esquecer para lembrar (Boitempo III)*. Rio de Janeiro: José Olympio, 1979.

*A paixão medida*. Ilustrações de Emeric Marcier. Rio de Janeiro: Alumbramento, 1980.

*Nova reunião*: 19 livros de poesia. 2 vols. Rio de Janeiro: José Olympio; Brasília: Instituto Nacional do Livro, 1983.

*O elefante*. Ilustrações de Regina Vater. Rio de Janeiro: Record, 1983.

*Corpo*. Ilustrações de Carlos Leão. Rio de Janeiro: Record, 1984.

*Amar se aprende amando*. Capa de Anna Leticya. Rio de Janeiro: Record, 1985.

*Boitempo I e II*. Rio de Janeiro: Record, 1987.

*Poesia errante*: derrames líricos (e outros nem tanto, ou nada). Rio de Janeiro: Record, 1988.

*O amor natural*. Ilustrações de Milton Dacosta. Rio de Janeiro: Record, 1992.

*Farewell*. Vinhetas de Pedro Augusto Graña Drummond. Rio de Janeiro: Record, 1996.

*Poesia completa*: volume único. Fixação de texto e notas de Gilberto Mendonça Teles. Introdução de Silviano Santiago. Rio de Janeiro: Nova Aguilar, 2002.

*Declaração de amor, canção de namorados*. Organização de Pedro Augusto Graña Drummond e Luis Mauricio Graña Drummond. Rio de Janeiro: Record, 2005.

*Versos de circunstância*. Organização de Eucanaã Ferraz. São Paulo: Instituto Moreira Salles, 2011.

*Nova reunião*: 23 livros de poesia. 3 vols. Rio de Janeiro: BestBolso, 2013.

## CONTO:

*O gerente*. Rio de Janeiro: Horizonte, 1945.

*Contos de aprendiz*. Rio de Janeiro: José Olympio, 1951.

*70 historinhas*. Rio de Janeiro: José Olympio, 1978.

*Contos plausíveis*. Ilustrações de Irene Peixoto e Márcia Cabral. Rio de Janeiro: José Olympio; Editora JB, 1981.

*Histórias para o rei*. Rio de Janeiro: Record, 1997.

## CRÔNICA:

*Fala, amendoeira*. Rio de Janeiro: José Olympio, 1957.

*A bolsa & a vida*. Rio de Janeiro: Editora do Autor, 1962.

*Para gostar de ler*. Com Fernando Sabino, Paulo Mendes Campos e Rubem Braga. Rio de Janeiro: Editora do Autor, 1962.

*Quadrante*. Com Cecília Meireles, Dinah Silveira de Queiroz, Fernando Sabino, Manuel Bandeira, Paulo Mendes Campos e Rubem Braga. Rio de Janeiro: Editora do Autor, 1962.

*Quadrante II*. Com Cecília Meireles, Dinah Silveira de Queiroz, Fernando Sabino, Manuel Bandeira, Paulo Mendes Campos e Rubem Braga. Rio de Janeiro: Editora do Autor, 1962.

*Cadeira de balanço*. Rio de Janeiro: José Olympio, 1966.

*Caminhos de João Brandão*. Rio de Janeiro: José Olympio, 1970.

*O poder ultrajovem*. Rio de Janeiro: José Olympio, 1972.

*De notícias & não notícias faz-se a crônica*: histórias, diálogos, divagações. Rio de Janeiro: José Olympio, 1974.

*Os dias lindos*. Rio de Janeiro: José Olympio, 1977.

*Crônica das favelas cariocas*. Rio de Janeiro: [edição particular], 1981.

*Boca de luar*. Rio de Janeiro: Record, 1984.

*Crônicas 1930-1934*. Crônicas de Drummond assinadas com os pseudônimos Antônio Crispim e Barba Azul. *Revista do Arquivo Público Mineiro*, Belo Horizonte, ano XXXV, 1984.

*Moça deitada na grama*. Rio de Janeiro: Record, 1987.

*Autorretrato e outras crônicas*. Seleção de Fernando Py. Rio de Janeiro: Record, 1989.

*Quando é dia de futebol*. Organização de Pedro Augusto Graña Drummond e Luis Mauricio Graña Drummond. Rio de Janeiro: Record, 2002.

*Receita de Ano Novo*. Organização de Pedro Augusto Graña Drummond e Luis Mauricio Graña Drummond. Ilustrações de Mariana Massarani. Rio de Janeiro: Record, 2008.

OBRA REUNIDA:

*Obra completa*. Estudo crítico de Emanuel de Moraes, fortuna crítica, cronologia e bibliografia. Rio de Janeiro: Nova Aguilar, 1964.

*Poesia completa e prosa*. Estudo crítico de Emanuel de Moraes, fortuna crítica, cronologia e bibliografia. Rio de Janeiro: Nova Aguilar, 1973.

*Poesia e prosa*. Estudo crítico de Emanuel de Moraes, fortuna crítica, cronologia e bibliografia. Rio de Janeiro: Nova Aguilar, 1979.

ENSAIO E CRÍTICA:

*Confissões de Minas*. Rio de Janeiro: Americ-Edit, 1944.

*García Lorca e a cultura espanhola*. Rio de Janeiro: Ateneu Garcia Lorca, 1946.

*Passeios na ilha*: divagações sobre a vida literária e outras matérias. Rio de Janeiro: Simões, 1952.

*O observador no escritório*. Rio de Janeiro: Record, 1985.

*O avesso das coisas*: aforismos. Ilustrações de Jimmy Scott. Rio de Janeiro: Record, 1987.

*Conversa de livraria 1941 e 1948*. Reunião de textos assinados sob os pseudônimos de O Observador Literário e Policarpo Quaresma, Neto. Porto Alegre: AGE; São Paulo: Giordano, 2000.

*Amor nenhum dispensa uma gota de ácido*: escritos de Carlos Drummond de Andrade sobre Machado de Assis. Organização de Hélio de Seixas Guimarães. São Paulo: Três Estrelas, 2019.

INFANTIL:

*O pipoqueiro da esquina*. Ilustrações de Ziraldo. Rio de Janeiro: Codecri, 1981.

*História de dois amores*. Ilustrações de Ziraldo. Rio de Janeiro: Record, 1985.

*O sorvete e outras histórias*. São Paulo: Ática, 1993.

*A cor de cada um*. Rio de Janeiro: Record, 1996.

*A senha do mundo*. Rio de Janeiro: Record, 1996.

*Criança dagora é fogo*. Rio de Janeiro: Record, 1996.

*Vó caiu na piscina*. Rio de Janeiro: Record, 1996.

*Rick e a girafa*. Ilustrações de Maria Eugênia. São Paulo: Ática, 2001.

*Menino Drummond*. Ilustrações de Angela Lago. São Paulo: Companhia das Letrinhas, 2021.

# BIBLIOGRAFIA SOBRE CARLOS DRUMMOND DE ANDRADE
## (SELETA)

ACHCAR, Francisco. *A rosa do povo & Claro enigma*: roteiro de leitura. São Paulo: Ática, 1993.

AGUILERA, Maria Veronica Silva Vilariño. *Carlos Drummond de Andrade*: a poética do cotidiano. Rio de Janeiro: Expressão e Cultura, 2002.

AMZALAK, José Luiz. *De Minas ao mundo vasto mundo*: do provinciano ao universal na poética de Carlos Drummond de Andrade. São Paulo: Navegar, 2003.

ANDRADE, Carlos Drummond; SARAIVA, Arnaldo (orgs.). *Uma pedra no meio do caminho*: biografia de um poema. Apresentação de Arnaldo Saraiva. Rio de Janeiro: Editora do Autor, 1967.

ARQUIVO-MUSEU DE LITERATURA BRASILEIRA. *Inventário do Arquivo Carlos Drummond de Andrade*. Apresentação de Eliane Vasconcelos. Rio de Janeiro: Fundação Casa de Rui Barbosa, 1998.

ARRIGUCCI JR., Davi. *Coração partido*: uma análise da poesia reflexiva de Drummond. São Paulo: Cosac Naify, 2002.

BARBOSA, Rita de Cássia. *Poemas eróticos de Carlos Drummond de Andrade*. São Paulo: Ática, 1987.

BISCHOF, Betina. *Razão da recusa*: um estudo da poesia de Carlos Drummond de Andrade. São Paulo: Nankin, 2005.

BOSI, Alfredo. *Três leituras*: Machado, Drummond, Carpeaux. São Paulo: 34, 2017.

BRASIL, Assis. *Carlos Drummond de Andrade*: ensaio. Rio de Janeiro: Livros do Mundo Inteiro, 1971.

BRAYNER, Sônia (org.). *Carlos Drummond de Andrade*. Coleção Fortuna Crítica 1. Rio de Janeiro: Civilização Brasileira, 1977.

CAMILO, Vagner. *Drummond*: da rosa do povo à rosa das trevas. São Paulo: Ateliê, 2001.

CAMINHA, Edmílson (org.). *Drummond*: a lição do poeta. Teresina: Corisco, 2002.

_____. *O poeta Carlos & outros Drummonds*. Brasília: Thesaurus, 2017.

CAMPOS, Haroldo de. *A máquina do mundo repensada*. São Paulo: Ateliê, 2000.

CAMPOS, Maria José. *Drummond e a memória do mundo*. Belo Horizonte: Anome Livros, 2010.

CANÇADO, José Maria. *Os sapatos de Orfeu*: biografia de Carlos Drummond de Andrade. São Paulo: Scritta, 1993.

CARVALHO, Leda Maria Lage. *O afeto em Drummond*: da família à humanidade. Itabira: Dom Bosco, 2007.

CHAVES, Rita. *Carlos Drummond de Andrade*. São Paulo: Scipione, 1993.

COÊLHO, Joaquim-Francisco. *Terra e família na poesia de Carlos Drummond de Andrade*. Belém: Universidade Federal do Pará, 1973.

CORREIA, Marlene de Castro. *Drummond*: a magia lúcida. Rio de Janeiro: Jorge Zahar, 2002.

COSTA, Francisca Alves Teles. *O constante diálogo na poesia de Carlos Drummond de Andrade*. Fortaleza: Secretaria de Cultura e Desporto, 1987.

COUTO, Ozório. *A mesa de Carlos Drummond de Andrade*. Ilustrações de Yara Tupynambá. Belo Horizonte: ADI Edições, 2011.

CRUZ, Domingos Gonzalez. *No meio do caminho tinha Itabira*: a presença de Itabira na obra de Carlos Drummond de Andrade. Rio de Janeiro: Achiamé; Calunga, 1980.

CUNHA, Maria Antonieta Antunes. *O discurso indireto livre em Carlos Drummond de Andrade*. Belo Horizonte: Imprensa Oficial, 1971.

_____. *Carlos Drummond de Andrade*. São Paulo: Moderna, 2006.

CURY, Maria Zilda Ferreira. *Horizontes modernistas*: o jovem Drummond e seu grupo em papel jornal. Belo Horizonte: Autêntica, 1998.

DALL'ALBA, Eduardo. *Drummond*: a construção do enigma. Caxias do Sul: EDUCS, 1998.

_____. *Noite e música na poesia de Carlos Drummond de Andrade*. Porto Alegre: AGE, 2003.

DIAS, Márcio Roberto Soares. *Da cidade ao mundo*: notas sobre o lirismo urbano de Carlos Drummond de Andrade. Vitória da Conquista: Edições UESB, 2006.

FERREIRA, Diva. *De Itabira... um poeta*. Itabira: Saitec Editoração, 2004.

GALDINO, Márcio da Rocha. *O cinéfilo anarquista*: Carlos Drummond de Andrade e o cinema. Belo Horizonte: BDMG, 1991.

GARCIA, Nice Seródio. *A criação lexical em Carlos Drummond de Andrade*. Rio de Janeiro: Rio, 1977.

GARCIA, Othon Moacyr. *Esfinge clara*: palavra-puxa-palavra em Carlos Drummond de Andrade. Rio de Janeiro: São José, 1955.

GLEDSON, John. *Poesia e poética de Carlos Drummond de Andrade*. Tradução do autor. São Paulo: Duas Cidades, 1982.

_____. *Influências e impasses: Drummond e alguns contemporâneos*. São Paulo: Companhia das Letras, 2003.

GUIMARÃES, Júlio Castañon. *Distribuição de papéis*: Murilo Mendes escreve a Carlos Drummond de Andrade e a Lúcio Cardoso. Rio de Janeiro: Fundação Casa de Rui Barbosa, 1996.

GUIMARÃES, Raquel Beatriz Junqueira. *Pedro Nava, leitor de Drummond*. Campinas: Pontes, 2002.

HOUAISS, Antonio. *Drummond mais seis poetas e um problema*. Rio de Janeiro: Imago, 1976.

INOJOSA, Joaquim. *Os Andrades e outros aspectos do Modernismo*. Rio de Janeiro: Civilização Brasileira, 1975.

KINSELLA, John. *Diálogo de conflito*: a poesia de Carlos Drummond de Andrade. Natal: Editora da UFRN, 1995.

LAUS, Lausimar. *O mistério do homem na obra de Drummond*. Rio de Janeiro: Tempo Brasileiro; Brasília: Instituto Nacional do Livro, 1978.

LIMA, Mirella Vieira. *Confidência mineira*: o amor na poesia de Carlos Drummond de Andrade. Campinas: Pontes; São Paulo: EDUSP, 1995.

LINHARES FILHO. *O amor e outros aspectos em Drummond*. Fortaleza: Editora UFC, 2002.

LOPES, Carlos Herculano. *O vestido*. São Paulo: Geração Editorial, 2004.

LUCAS, Fábio. *O poeta e a mídia*: Carlos Drummond de Andrade e João Cabral de Melo Neto. São Paulo: Senac, 2003.

MAIA, Maria Auxiliadora. *Viagem ao mundo gauche de Drummond*. Salvador: Edição da autora, 1984.

MALARD, Letícia. *No vasto mundo de Drummond*. Belo Horizonte: Editora UFMG, 2005.

MARIA, Luzia de. *Drummond*: um olhar amoroso. Rio de Janeiro: Léo Christiano Editorial, 1998.

MARQUES, Ivan. *Cenas de um modernismo de província*: Drummond e outros rapazes de Belo Horizonte. São Paulo: 34, 2011.

MARTINS, Hélcio. *A rima na poesia de Carlos Drummond de Andrade*. Introdução de Antonio Houaiss. Rio de Janeiro: José Olympio, 1968.

MARTINS, Maria Lúcia Milléo. *Duas artes*: Carlos Drummond de Andrade e Elizabeth Bishop. Belo Horizonte: Editora UFMG, 2006.

MELO, Tarso de; STERZI, Eduardo. *7 X 2 (Drummond em retrato)*. Santo André: Alpharrabio, 2002.

MERQUIOR, José Guilherme. *Verso universo em Drummond*. Tradução de Marly de Oliveira. Rio de Janeiro: José Olympio, 1975.

MICELI, Sergio. Lira mensageira: Drummond e o grupo modernista mineiro. São Paulo: Todavia, 2022.

MONTEIRO, Salvador; KAZ, Leonel (orgs.). *Drummond frente e verso*: fotobiografia de Carlos Drummond de Andrade. Rio de Janeiro: Alumbramento; Livroarte, 1989.

MORAES, Emanuel de. *Drummond rima Itabira mundo*. Rio de Janeiro: José Olympio, 1972.

MORAES, Lygia Marina. *Conheça o escritor brasileiro Carlos Drummond de Andrade*. Rio de Janeiro: Record, 1977.

MORAES NETO, Geneton. *O dossiê Drummond*. São Paulo: Globo, 1994.

MOTTA, Dilman Augusto. *A metalinguagem na poesia de Carlos Drummond de Andrade*. Rio de Janeiro: Presença, 1976.

NOGUEIRA, Lucila. *Ideologia e forma literária em Carlos Drummond de Andrade*. Recife: Fundarpe, 1990.

PY, Fernando. *Bibliografia comentada de Carlos Drummond de Andrade (1918-1930)*. Rio de Janeiro: José Olympio; Brasília: Instituto Nacional do Livro, 1980.

ROSA, Sérgio Ribeiro. *Pedra engastada no tempo*: ao cinquentenário do poema de Carlos Drummond de Andrade. Porto Alegre: Cultura Contemporânea, 1978.

SAID, Roberto. *A angústia da ação*: poesia e política em Drummond. Curitiba: Editora UFPR; Belo Horizonte: Editora UFMG, 2005.

SANT'ANNA, Affonso Romano de. *Drummond, o gauche no tempo*. Rio de Janeiro: Lia Editor; Instituto Nacional do Livro, 1972.

SANTIAGO, Silviano. *Carlos Drummond de Andrade*. Petrópolis: Vozes, 1976.

SANTOS, Vivaldo Andrade dos. *O trem do corpo*: estudo da poesia de Carlos Drummond de Andrade. São Paulo: Nankin, 2006.

SCHÜLER, Donaldo. *A dramaticidade na poesia de Drummond*. Porto Alegre: URGS, 1979.

SILVA, Sidimar. *A poeticidade na crônica de Drummond*. Goiânia: Kelps, 2007.

SIMON, Iumna Maria. *Drummond*: uma poética do risco. São Paulo: Ática, 1978.

SÜSSEKIND, Flora. *Cabral – Bandeira – Drummond*: alguma correspondência. Rio de Janeiro: Fundação Casa de Rui Barbosa, 1996.

SZKLO, Gilda Salem. *As flores do mal nos jardins de Itabira*: Baudelaire e Drummond. Rio de Janeiro: Agir, 1995.

TALARICO, Fernando Braga Franco. *História e poesia em Drummond*: A rosa do povo. Bauru: EDUSC, 2011.

TEIXEIRA, Jerônimo. *Drummond*. São Paulo: Abril, 2003.

_____. *Drummond cordial*. São Paulo: Nankin, 2005.

TELES, Gilberto Mendonça. *Drummond*: a estilística da repetição. Prefácio de Othon Moacyr Garcia. Rio de Janeiro: José Olympio, 1970.

VASCONCELLOS, Eliane. *O Arquivo-Museu de Literatura Brasileira*: um sonho drummondiano. Rio de Janeiro: Fundação Casa de Rui Barbosa, 2002.

VIANA, Carlos Augusto. *Drummond*: a insone arquitetura. Fortaleza: Editora UFC, 2003.

VIEIRA, Regina Souza. *Boitempo*: autobiografia e memória em Carlos Drummond de Andrade. Rio de Janeiro: Presença, 1992.

VILLAÇA, Alcides. *Passos de Drummond*. São Paulo: Cosac Naify, 2006.

WALTY, Ivete Lara Camargos; CURY, Maria Zilda Ferreira (orgs.). *Drummond*: poesia e experiência. Belo Horizonte: Autêntica, 2002.

WISNIK, José Miguel. *Maquinação do mundo*: Drummond e a mineração. São Paulo: Companhia das Letras, 2018.

YUNES, Eliana; BINGEMER, Maria Clara L. (orgs.). *Murilo, Cecília e Drummond*: 100 anos com Deus na poesia brasileira. São Paulo: Loyola, 2004.

# ÍNDICE ALFABÉTICO E REMISSIVO

Neste índice estão todos os textos (inclusive epígrafes) de Carlos Drummond de Andrade que aparecem no livro, os títulos das crônicas de onde foram extraídos, o jornal e a data em que foram publicados, assim como também o nome do livro a que pertencem, quando é o caso.

Os textos acompanhados de * correspondem a fragmentos selecionados pelos organizadores, os acompanhados de ** correspondem a fragmentos de textos que formavam parte da coluna de CDA, com subtítulos escolhidos por ele; os outros são reproduções integrais da coluna ou do livro.

A João Condé, 171: *Viola de bolso novamente encordoada*, 1955.

A seleção, 57:** *Correio da Manhã*, 3 abr. 1966.

A semana foi assim, 70: *Jornal do Brasil*, 18 out. 1969; *Amar se aprende amando*, 1985.

A voz do Zaire, 103:* *Jornal do Brasil*, 11 abr. 1974.

Anúncio na camisa, 111: *Jornal do Brasil*, 20 dez. 1977.

Aos atletas, 67: "Imagens de volta: aos atletas", *Correio da Manhã*, 24 jul. 1966; *Versiprosa*, 1967.

As alegrias, no Maracanã..., 159:* "Imagens soltas: na semana", *Correio da Manhã*, 14 out. 1962.

As mínimas, 100:** *Jornal do Brasil*, 5 ago. 1971.

Baixou o espírito de Natal, 92:** *Correio da Manhã*, 13 dez. 1968.

Balanço atrasado, 125:** "O pipoqueiro da esquina", *Jornal do Brasil*, 20 jan. 1981.

Bate-palmas, 178:* *Jornal do Brasil*, 24 fev. 1972.

Bolsa de ilusões, 155:* *Jornal do Brasil*, 15 jul. 1971.

Brasil vitorioso na Copa terá solução democrática, 117:** "Jornal em drágeas", *Jornal do Brasil*, 23 mai. 1978.

Calma, torcedor, 36: "Imagens de campeonato: Calma, torcedor", *Correio da Manhã*, 31 mar. 1959.

Candidatos em verso, 39:* *Mundo Ilustrado*, 27 ago. 1960.

Carta sem selo, 80:** "Três cartas sem selo", *Jornal do Brasil*, 18 abr. 1970.

Celebremos, 32: *Correio da Manhã*, 1º jul. 1958.

Celo, 182:** "Mirante", *Jornal do Brasil*, 10 jul. 1982.

Coisas que você deve fazer, 19:* *Mundo Ilustrado*, 27 jan. 1962.

Com camisa, sem camisa, 76: *Jornal do Brasil*, 14 mar. 1970.

Concentração nacional, 59: "Bola-imagens: concentração nacional", *Correio da Manhã*, 20 abr. 1966.

Copa – Aqui este desligado..., 128:** "Mirante", *Jornal do Brasil*, 20 mar. 1982.

Copa – Grande pedida para acalmar..., 145:** "Mirante", *Jornal do Brasil*, 19 fev. 1983.

Copa – Vamos exigir um compromisso..., 144:** "Mirante", *Jornal do Brasil*, 28 ago. 1982.

Copa do Mundo de 70

    I / Meu coração no México, 85: "Três canções do dia", *Jornal do Brasil*, 9 jun. 1970; *Versiprosa*, 1967; *O poder ultrajovem*, 1972.

    II / O momento feliz, 85: *Jornal do Brasil*, 20 jun. 1970; *Versiprosa*, 1967; *O poder ultrajovem*, 1972.

Craque, 172: *Boitempo*, 1968.

De 7 dias, 29: *Correio da Manhã*, 22 jun. 1958.

De bola e outras matérias, 107:* *Jornal do Brasil*, 6 jul. 1974.

De vário assunto, 181:* *Jornal do Brasil*, 2 jul. 1981.

Declaração de escritores, 175:* *Jornal do Brasil*, 30 jun. 1970.

Despedida, 153:** "Do labirinto ao balão", *Jornal do Brasil*, 5 jun. 1971.

Dezembro, isto é, o fim, 152:* *Jornal do Brasil*, 2 dez. 1969.

Do alto desta montanha..., 73:* "O incompetente na festa", *Jornal do Brasil*, 15 jun. 1982.

Do trabalho de viver, 79:* *Jornal do Brasil*, 16 abr. 1970.

Elegante e estilizada folha-seca, 27:* "Seleção de Ouro", *Correio da Manhã*, 20 jun. 1962.

Em cinza e em verde, 38: "Imagens da semana: em cinza e em verde", *Correio da Manhã*, 21 mai. 1961.

Em preto e branco, 89:* *Jornal do Brasil*, 16 jun. 1970.

Enquanto os mineiros jogavam (assinado Antônio Crispim), 18: *Minas Gerais*, 20-21 jul. 1931; *Revista do Arquivo Público Mineiro*, ano XXXV, 1984.

Entre a vitória real e a moral..., 115:* "Reflexões feriadas", *Jornal do Brasil*, 24 abr. 1984.

Entre céu e terra, a bola, 135: *Jornal do Brasil*, 24 jun. 1982.

Entrevista solta, 75:* *Jornal do Brasil*, 12 mar. 1969.

Esperança, 118:** "Disto e aquilo", *Jornal do Brasil*, 7 abr. 1979.

Estou comovido...", 154:** "Correio da crônica", *Jornal do Brasil*, 29 jun. 1971.

Explicação, 44:** "Em resumo", *Jornal do Brasil*, 13 jul. 1972.

Explosão, 127:** "Mirante", *Jornal do Brasil*, 6 mar. 1982.

Falou e disse", 93: *Jornal do Brasil*, 17 ago. 1971.

Foi-se a Copa?, 118:** "Jornal em drágeas", "Cantinho da poesia" (assinado Antônio Crispim), *Jornal do Brasil*, 24 jun. 1978; *Amar se aprende amando*, 1985.

Frases colhidas no ar, 145:** *Jornal do Brasil*, 18 ago. 1983.

Futebol – A partida de futebol..., 69: *O avesso das coisas*, 1987.

Futebol – Futebol se joga no estádio?, 17: *Rio de Janeiro*, 1994.

Futebol – Para Monteiro Lobato..., 184:** "Mirante", *Jornal do Brasil*, 13 nov. 1982.

Futuro, 143:** "Mirante", *Jornal do Brasil*, 31 jul. 1982.

Garoto, 46:** "Pequenas imagens: caderno", *Correio da Manhã*, 13 jan. 1965.

Gol na academia, 177:** "Espelho", *Jornal do Brasil*, 6 abr. 1971.

Gomide, 183:** "Mirante", *Jornal do Brasil*, 25 set. 1982.

Guerra e combates, 140:* *Jornal do Brasil*, 15 abr. 1982.

Helena, de Diamantina, 174:* *Jornal do Brasil*, 25 jun. 1970; *Autor-retrato e outras crônicas*, 1989.

Igual-desigual, 25:* *A paixão medida*, 1980.

Inativos, 108:** "Imagem menor: inativos", *Correio da Manhã*, 24 nov. 1967.

Jogo a distância, 64: *Correio da Manhã*, 17 jul. 1966.

Juiz, 113: *O avesso das coisas*, 1987.

Letras louvando Pelé, 156: *Jornal do Brasil*, 20 jul. 1971.

Mané e o sonho, 166: *Jornal do Brasil*, 22 jan. 1983.

Mas será suficiente fazer tudo..., 123:* "Perder, ganhar, viver", *Jornal do Brasil*, 7 jul. 1982.

México 70, 72:** *Jornal Pequeño*, 13 jan. 1970.

Milagre da Copa, 56:** *Correio da Manhã*, 3 abr. 1966.

Mistério da bola, 23: "Imagens do esporte: mistério da bola", *Correio da Manhã*, 17 jun. 1954; *Fala, amendoeira*, 1988.

Na estrada, 161: *Cadeira de balanço*, 1966.

Na semana, 49:* "Desfile de imagens: na semana", *Correio da Manhã*, 3 jul. 1966.

No elevador, 48: "Imagens cordiais: o amigo", *Correio da Manhã*, 12 set. 1965; in *Cadeira de balanço*, 1966.

Nomes (Sem registro civil)

Flamengo (O), 180:** "Passeios da feira", *Jornal do Brasil*, 28 out. 1975.

Gasolina, 158:** "Passeios da feira", *Jornal do Brasil*, 28 out. 1975.

Mamãe Dolores, 158:** "Nomes (Sem registro civil)", *Jornal do Brasil*, 2 dez. 1975.

Neném Prancha, 92: "Concurso, não", *Jornal do Brasil*, 12 set. 1975.

O difícil, o extraordinário..., 147:* "Pelé: 1.000", *O poder ultrajovem*, 1972.

O escritor brasileiro deu uma de Pelé, 169:* "Atenção, antologistas", *Correio da Manhã*, 17 set. 1969.

O importuno, 61: *Correio da Manhã*, 13 jul. 1966.

O incompetente na festa, 132: *Jornal do Brasil*, 15 jun. 1982.

O latim está vivo, 176:* *Jornal do Brasil*, 23 jul. 1970.

O leitor escreve – É bem variado o correio..., 109:** *Jornal do Brasil*, 13 nov. 1976.

O leitor escreve – Hoje cedo a vez aos leitores..., 129:** *Jornal do Brasil*, 3 jun. 1982.

O locutor esportivo, 119: "Contos não classificados", *Jornal do Brasil*, 24 mai. 1979; *Contos plausíveis*, 1981.

O mainá, 163: *Correio da Manhã*, 24 jun. 1964.

O mérito da derrota..., 21:* "Ainda o espírito da coisa", *Jornal do Brasil*, 17 abr. 1984; "Derrota": *O avesso das coisas*, 1987.

O outro lado dos nomes, 165:* *Jornal do Brasil*, 30 nov. 1976.

O rio enfeitado, 130:* *Jornal do Brasil*, 10 jun. 1982.

O santo repouso, 121:* *Jornal do Brasil*, 8 abr. 1982.

O torcedor, 120:** "Contos aleatórios", *Jornal do Brasil*, 5 jun. 1980; *Contos plausíveis*, 1981.

Os pais de Pelé, 149:** "Imagens da hora: apontamentos", *Correio da Manhã*, 3 jul. 1958.

Parlamento da rua, 98: *Jornal do Brasil*, 2 fev. 1974.

Pelé: 1.000, 150: *Jornal do Brasil*, 28 out. 1969; *O poder ultrajovem*, 1972.

Perder é uma forma de aprender..., 101:* "Jogo a distância", *Correio da Manhã*, 17 jul. 1966.

Perder, ganhar, viver, 138: *Jornal do Brasil*, 7 jul. 1982.

Pois é, o idoso, 108:* *Jornal do Brasil*, 6 jul. 1982.

Por aí – E por via das dúvidas..., 45:** "Mini-imagens: por aí", 15 nov. 1967.

Por aí – No futebol, cada clube..., 69:** "Mini-imagens: por aí", 15 nov. 1967.

Prece do brasileiro, 81: *Jornal do Brasil*, 30 mai. 1970; *in Versiprosa*, 1967.

Rebelo: sarcasmo e ternura, 179:* *Jornal do Brasil*, 30 ago. 1973.

Saque, 47:** "Imagens soltas: caderno de notas", *Correio da Manhã*, 18 jul. 1965.

Se há um deus..., 41:* "Mané e o sonho", *Jornal do Brasil*, 22 jan. 1983.

Se perdemos em Londres..., 51:* "Imagem explica-se: carta de José", *Correio da Manhã*, 14 jun. 1967; *Autorretrato e outras crônicas*, 1989.

Seleção de ouro, 43: *Correio da Manhã*, 20 jun. 1962.

Seleção, eleição, 90: *Jornal do Brasil*, 9 jul. 1970.

Será que o Maradona..., 141:* Carta a Luis Mauricio, Rio de Janeiro, 26 jun. 1982.

Sermão da planície, 104: *Jornal do Brasil*, 18 jun. 1974.

Situações, 35:* "Imagens do tempo: situações", *Correio da Manhã*, 5 jul. 1958.

Solução, 97:** "Microlira", *Jornal do Brasil*, 23 set. 1972.

Solucionática, 96:** "A experiência de Carlinhos", *Jornal do Brasil*, 25 set. 1971.

Telefone cearense, 173:* *Jornal do Brasil*, 24 mar. 1970.

Tudo bem, 118:** "Varejo de pipocas", *Jornal do Brasil*, 8 nov. 1979.

Uma paixão: a bola..., 15:* "Retrato de uma cidade", *Jornal do Brasil*, 18 set. 1976; *Discurso de primavera e algumas sombras*, 1977.

Variações em tempo de carnaval, 126:* *Jornal do Brasil*, 9 fev. 1982.

Voz geral, 53: *Correio da Manhã*, 24 mar. 1966.

Este livro foi composto na tipografia
Arno Pro, em corpo 11/14, e impresso em
papel off-white no Sistema Digital Instant Duplex
da Divisão Gráfica da Distribuidora Record.